**TOD
AN
DER
BIBERT**

**EINE
ZIRNDORF-
GESCHICHTE**

Zu diesem Buch

Erich Zorn ist ein Pseudonym. Der gebürtige Zirndorfer will diese Geschichte nicht unter seinem Namen publizieren. Er hat sie vor etlichen Jahren aufgeschrieben, als die Stimmung zum Thema Ausländer in ganz Deutschland schon einmal sehr aufgeheizt war.

Die handelnden Personen sind frei erfunden, auch wenn sich Ähnlichkeiten ergeben sollten. Manche Ereignisse erinnern an frühere Begebenheiten, die sich in den neunziger Jahren in Zirndorf ereignet haben.

Der Verfasser hat Klaus Übler gebeten, den Text zu überarbeiten und zu veröffentlichen.

ERICH ZORN

TOD
AN
DER
BIBERT

EINE
ZIRNDORF-
GESCHICHTE

Bearbeitet von
Klaus Übler

Verlag Schreiben und Werben
Humboldtstraße 49
90513 Zirndorf
Telefon 0911 / 60 16 88

Herstellung und Verlag:
BoD - Book on Demand, Norderstedt

ISBN: 9783746012360

November 2017

15. OKTOBER

Als Konrad aufwacht, ist das Bett neben ihm leer. Er ist irritiert. Seine Ehefrau steht sonst immer nach ihm auf. Er geht in die Höhe und schaut auf ihre Bettdecke. Sie ist vollständig zurückgeschlagen. Wenn seine Frau nachts aufs Clo geht, legt sie die Decke nur leicht zur Seite. Es muss deshalb einen anderen Grund geben. Konrad kann sich die Situation nicht erklären.

Langsam steigt er aus dem Bett und schlüpft in seine Pantoffeln. Dann zieht er den Morgenmantel an. Nachdem er die Türe zum Wohnzimmer geöffnet hat, ruft er nach seiner Frau Erika. Doch nichts rührt sich. Er geht in die Küche, aber da ist sie nicht. Auch im Bad kann er sie nicht finden.

Er wird unruhig und läuft zum Fenster. Auf dem Gehsteig sind einige Leute unterwegs. Das Auto eines Malermeisters fährt vorbei. Von Erika ist nichts zu sehen. Er wandert zurück zur Kommode. Das Bild an der Wand schaut er ratlos an.

Im Flur fehlt ihr Mantel an der Garderobe. Sie muss also weggegangen sein. Weder auf dem Tisch in der Küche, noch im Wohnzimmer liegt eine Nachricht von ihr. Schließlich setzt er sich auf einen Stuhl und beginnt nachzudenken.

Wo könnte sie hingegangen sein? Was ist so früh schon zu erledigen? Warum hat sie ihn nicht geweckt? Er findet keine Erklärung.

Einige Zeit sitzt er da und überlegt weitere Möglichkeiten. Die Situation kommt ihm immer rätselhafter vor. Sowas ist bisher noch nicht passiert.

Von der Haustreppe hört er Schritte. Dann sperren Schlüssel in der Wohnungstür. Das kann nur Erika sein. Konrad geht in den Flur, um von seiner Frau eine Erklärung zu verlangen. Sie strahlt ihn an und sagt fröhlich: „Guten Morgen." Er brummt nur.

„Wo warst Du denn? Ich habe Dich überall gesucht. Und warum bist Du schon so früh aus dem Haus?"

Sie lächelt weiterhin freundlich und sagt nur: „Ich habe Dir die Zeitung mitgebracht." Die holt sich Konrad sonst selber aus dem Briefkasten neben dem Hauseingang. Wegen seiner Verwirrung hatte er das bisher vergessen.

„Warum hast Du mich nicht geweckt?" fragt er jetzt drängender. Doch sie dreht sich halb um und fragt zurück: „Fällt Dir nichts auf?" Er kann auf Anhieb nichts erkennen.

„Ich war beim Friseur", verkündet sie stolz. „Zur Feier des Tages."

„Was für eine Feier?" Konrad ist verdutzt. Er kann sich an nichts Besonderes erinnern. Sie sieht ihm seine Ratlosigkeit an und antwortet nur knapp: „Schau mal auf das heutige Datum."

Konrad hält die Zeitung vor seine Augen, denn er hat die Lesebrille nicht auf. Er erschrickt und stammelt: „Das ist mir aber peinlich. Bitte entschuldige, ich habe unseren Hochzeitstag diesmal ganz vergessen."

Dann setzt er sich an den Tisch und schlägt die Fürther Rundschau auf. Doch die Nachrichten interessieren ihn nur nebenbei. In erster Linie denkt er darüber nach, wie er die Sache wieder ins Lot bringen kann.

„Hast Du Lust, zur Feier des Tages heute Mittag essen zu gehen?" fragt er seine Frau. Sie ruft aus der Küche zurück:

„Gerne, wohin wollen wir denn?" Konrad schlägt den Goldenen Löwen vor, der habe wieder einen soliden Pächter. Erika ist damit einverstanden. So ist die Situation fürs erste gerettet.

Ganz zufrieden ist Konrad aber noch nicht. Seine Frau hat bisher nicht gesagt, weshalb sie so früh zum Friseur gegangen ist. Er hakt deshalb nach. Sie erklärt ihm, dass sie kurzfristig keinen anderen Termin mehr bekommen habe. Deshalb musste sie früher aufstehen. Ihn wollte sie nicht wecken und an eine Nachricht hat sie in der Eile nicht gedacht. Jetzt sind sie quitt, denkt er.

Der weitere Vormittag verläuft in gewohnter Weise. Konrad zieht sich nach dem Frühstück an und widmet sich weiter der Zeitung. Seine Frau macht sich in der Küche zu schaffen. Sie spült und trocknet das Geschirr vom Vortag ab.

Dann beraten sie, was sie anziehen wollen. Er meint: „Nicht ganz so festlich, sonst fragen die Leute." Sie entscheidet sich jedoch für ein besonders schönes Kleid. Das blaue hat ihrem Mann immer so gut gefallen.

Er will seinen grauen Anzug anziehen. Erika legt ihm dazu ein weißes Hemd und eine dezente Krawatte bereit. Sie macht das schon seit ihrer Hochzeit. Ihr Ehemann lässt sich gerne unterstützen. Er hat kein besonderes Geschick für passende Krawatten.

Auf dem Weg über die Spitalstraße und den Rathausplatz treffen sie einige Bekannte. Obwohl Konrad es vermeiden wollte, werden sie gefragt, ob heute etwas Besonderes wäre. Sonst würde er doch keine Krawatte tragen. Konrad gibt ausweichende Antworten.

Der Gemüsehändler grüßt sehr freundlich und bietet frische Ware an. Erika antwortet ihm, dass sie morgen vorbeikommen wird. Beim Taxistand am Marktplatz stehen drei Fahrzeuge. Im letzten Taxi liest der Fahrer eine Boulevardzeitung. Im zweiten raucht einer bei geöffnetem Fenster. Das erste ist startbereit. Es steigt gerade eine ältere Frau ein, während der Fahrer ihre große Tasche in den Kofferraum hievt.

Konrad hat im Goldene Löwen sicherheitshalber für zwei Personen reservieren lassen. Als sie ins Lokal kommen, sind nur wenige Leute da. Es ist kurz vor 12 Uhr. Der Ober führt sie zu ihrem Platz, bringt die Speisekarte und fragt, was sie trinken möchten. Konrad lässt seiner Frau den Vortritt. Sie möchte ein Glas trockenen Wein, er schließt sich an. Eigentlich wäre ihm ein Glas Bier lieber gewesen.

Sie studieren die umfangreiche Speisekarte. Konrad schaut auf den rechten Nachbartisch. Er versucht zu erkennen, was dort gegessen wird. Es dürfte ein Braten mit Kloß und Salat sein.

Erika meint: „Heute achten wir mal nicht auf die Kalorien. Ich möchte ein Cordon bleu mit Pommes." Konrad entscheidet sich für ein Wildgulasch mit Spätzle und Preiselbeeren. Das hat er schon lange nicht mehr gegessen.

Am großen Tisch gegenüber nimmt eine Gesellschaft Platz. Sie haben auch etwas zu feiern. Die Oma hat Geburtstag. Der Enkel sagt ein Gedicht auf, als er ihr gratuliert.

Konrad und Erika denken an die Zeit zurück, als sie sich kennen gelernt haben. Beim Tanz in der Turnhalle sind sie sich das erste Mal begegnet. Er fand sie zu dürr, sie war von seiner mürrischen Art nicht begeistert. Bei der Hochzeit eines Bekannten trafen sie einige Zeit später wieder aufeinander. In der ausgelassenen Stimmung kamen sie sich näher.

Erika ließ sich am späten Abend nach Hause begleiten. Sie wohnte im besseren Viertel über der Bahn. Auf dem Heimweg in die Mühlstraße pfiff Konrad fröhlich vor sich hin. Er war in guter Stimmung. Sie hatten sich für nächsten Sonntag im Park verabredet.

Mit der Verlobung ging es schnell, obwohl die Eltern von Erika gar nicht begeistert waren. Sie hatten sich eine bessere Partie für ihre Tochter erhofft. Ein Werkzeugmacher stand nicht auf der Wunschliste. Schließlich war ihr Vater der Filialleiter einer Bank und die Mutter Lehrerin. Erika hatte Buchhalterin gelernt.

Nach einigen Monaten fanden sich die Eltern mit der Situation ab. Sie legten sogar einige Lebensmittelmarken für die offizielle Verlobung zur Seite. So konnte mit einer Torte gefeiert werden. Im Frühjahr 1948 waren die Lebensmittel noch rationiert. Konrads Eltern war es nicht möglich, sich an den Kosten zu beteiligen. Der Vater war arbeitslos und die Mutter krank.

Die Hochzeit fand nach der Währungsreform statt. Erika frotzelt jetzt ihren Mann: „Weißt Du noch, was die Leute damals gesagt haben? Armer Schlucker heiratet reiche Tochter." Er kann sich daran noch gut erinnern. Diese Zeiten waren für ihn nicht leicht.

Konrad hatte keine Übung in vornehmen Umgangsformen. Er war häufig sehr direkt mit seinen Äußerungen. Damit trat er immer wieder ins Fettnäpfchen. Doch Erika hielt zu ihm. Das wird er ihr nie vergessen.

Die bürgerlichen Schwiegereltern waren in vielen politischen Fragen anderer Meinung. Das führte häufig zu heftigen Diskussionen. Konrad ist Sozialdemokrat von Kindesbeinen an, der Schwiegervater war Bürgerlicher. Erika und ihre Mutter hielten sich mit ihren Ansichten zurück. Sie versuchten zu beschwichtigen.

Beider Eltern sind längst verstorben. Politische Diskussionen gibt es nur noch mit Freunden. Die hauen meist in die gleiche Kerbe. Nur beim Thema Flüchtlinge kommt es immer wieder zu Kontroversen. Erika versucht dann zu vermitteln.

Der Ober serviert große Portionen. Erika meint: „Vielleicht hätten wir doch das Essen für Senioren wählen sollen." Konrad antwortet: „Unser 50-Jähriges feiern wir doch nur einmal im Leben. Da können wir schon mal zuschlagen." Sie schaffen es nur mit Mühe.

Nach dem Essen trinkt Konrad noch ein Bier und einen Schnaps. Erika will lieber einen Kaffee, der Wein ist ihr in den Kopf gestiegen. Sie erinnern sich weiter an schöne Erlebnisse und erzählen sich gegenseitig von früheren Zeiten. In heiterer Stimmung brechen sie auf.

Auf dem Weg zu ihrer Wohnung in der Volkhardtstraße begegnen sie mehreren Gruppen von Ausländern. Es sind wahrscheinlich Asylbewerber aus der zentralen Aufnahmeeinrichtung an der Rothenburger Straße. Das Lager ist seit einiger Zeit wieder überfüllt.

Erika hat Mitleid mit den Leuten. Die meisten tragen leichte Kleidung. Nur wenige haben eine wetterfeste Jacke. Aus ihren Heimatländern sind sie sicher andere Temperaturen gewöhnt. Ob sie sich etwas Wärmeres in einem Billig-Laden kaufen wollen? Oder gibt es eine Kleiderkammer für die Flüchtlinge? Sie will sich in den nächsten Tagen erkundigen. Die Sachen ihres Mannes sind für die schlanken Afrikaner leider zu groß.

Behäbig setzt sich Konrad auf das Sofa. Das Essen war reichlich und jetzt ist er müde. Zum Lesen reicht die Konzentration nicht aus. Er sinkt auf die Kissen und schläft ein. Erika häkelt im Sessel an einer neuen Tagesdecke für die Betten. Den ganzen Nachmittag ist es ruhig.

Abends kommen Sabine und Manfred zu Besuch. Sie erhielten mit der Einladung den ausdrücklichen Hinweis, keine Geschenke mitzubringen. Erika meinte: „Wir haben doch alles."

Sabine ist die Nichte von Konrad. Sein Bruder ist schon früh verstorben. Die Ehefrau fand einen neuen Partner und zog aus Zirndorf fort. Sabine blieb hier und begann ein Studium in Sozialpädagogik. In Nürnberg hat sie eine gute Stelle gefunden. Sie besucht ihren Onkel häufig. In politischen Fragen ist sie ihm sehr nah.

Manfred wohnte mit seinen Eltern früher im gleichen Haus wie Konrad und Erika. Weil Vater und Mutter berufstätig waren, hatte sich Erika um ihn gekümmert. Nach der Schule kam er zum Essen und machte bei ihr auch die Hausaufgaben. Sie behandelte ihn fast wie einen Sohn.

Am Hochzeitstag wollen Sabine und Manfred nur über Positives reden. Sie haben vorher vereinbart, das Thema Ausländer auszuklammern. Da besteht die Gefahr, dass sich Konrad zu sehr aufregt. Der unterhält die Gesellschaft fast alleine mit Anekdoten aus früheren Zeiten. Seine Frau muss ihn nur manchmal korrigieren, wenn er übertreibt.

Es ist ein lustiger Abend, auch wenn Sabine und Manfred die Geschichten schon öfter gehört haben. Sie erinnern sich gerne an ihre unbeschwerte Kindheit. Deshalb erzählen auch sie manche Begebenheit.

Bevor Konrad eine weitere Flasche Wein aufmachen will, verabschieden sich die Besucher. Sie müssen beide morgen früh zur Arbeit.

Vorher will Sabine aber noch wissen, was sie sich selbst zum heutigen Hochzeitstag geschenkt haben. Erika lächelt und sagt: „Wir machen nochmal unsere damalige Hochzeitsreise."

Manfred fragt: „Und wohin geht es?" Konrad lacht jetzt auch: „Ein Wochenende in die Fränkische Schweiz. Aber erst, wenn das Wetter besser ist."

16. OKTOBER

Sabine lebt alleine in Zirndorf in einer kleinen Wohnung. Irgendwie klappte es mit den Männern nicht. Schon in ihrer Jugend war sie etwas eigenwillig. Der Vater unterstützte sie, der Mutter war das nicht recht. Mit der Erbschaft ihres Vaters finanzierte sie eine Reise nach Südamerika. Dort blieb sie für zwei Jahre und arbeitete für eine Hilfsorganisation. Anschließend begann sie das Studium. Sie schreibt in ihr Tagebuch:

Es war ein schöner Abend bei Onkel Konrad und Erika. Und lustig war es, weil er immer wieder einen neuen Schwank auf Lager hatte. Wir kamen aus dem Lachen nicht heraus. Manche Ereignisse waren Erika allerdings peinlich. Ich konnte das an ihrer Miene ablesen.

Seit 50 Jahren sind sie verheiratet. Zerknirscht gestand Konrad, dass er diesmal den Hochzeitstag vergessen hat. Erika hat ihm das verziehen. In der Vergangenheit haben sie schon heftigere Stürme überstanden.

Beide hatten vorher betont, dass wir kein Geschenk mitbringen dürfen. Wir müssen uns deshalb was anderes ausdenken.

Soeben hat Karlheinz angerufen und mich an das morgige Treffen erinnert. Er ist der Sprecher der

*Zirndorfer Initiative Demokratie und Toleranz.
Seit dem Sommer bin ich dabei. Ein Freundschaft-
streffen im Pfarrhof war der Anlass. Es hat mir gut
gefallen. Und die Zirndorfer Argumente zum Thema
Ausländer sind auch in Ordnung.*

*Sie wurden von einem Zeitungsredakteur verfasst,
der die Gründung der Gruppe vorgeschlagen hatte.
Dazu gehören Vertreter der Parteien aus dem Stadtrat,
Leute aus dem Ausländerbeirat und der Kirchen-
gemeinde sowie Interessierte wie ich. Wir sind nicht
immer einer Meinung, suchen aber den Kompromiss.*

*Vorige Woche startete eine Freundschafts-Stafette
nach Bonn. Einige Prominenz war im Zimmer-
mannspark da. Ich konnte aus beruflichen Gründen
leider nicht dabei sein. Andere hatten Urlaub genommen. Am 19. Oktober soll die Stafette von der
Präsidentin des Bundestags empfangen werden.
Vertreter des Ausländerbeirates und des Bündnisses
werden die Zirndorfer Erklärung übergeben.*

18. OKTOBER

Konrad ist auf dem Weg zu seinem Garten über der Bibert. Ein Witterungsumschwung macht ihm zu schaffen. Der Wetterbericht meldete Regen. Schon längst müsste der Garten winterfest gemacht werden. Heute geht das aber nicht. Die Schmerzen in der Hüfte sind zu stark. Nach dem Frühstück hat er bereits eine Tablette genommen.

Eine ausländische Familie kommt ihm schwerbepackt entgegen. Der schlanke Vater trägt einen großen Koffer, die kräftige Mutter mehrere Plastiktüten. Die Kinder haben Rucksäcke auf den Schultern. Sie sind im schulpflichtigen Alter und trotten hinter den Eltern her.

Wahrscheinlich sind sie auf dem Weg zum Bahnhof, um zu einer anderen Unterkunft zu fahren. Seit dem letzten Jahr ist das Sammellager für Asylbewerber an der Rothenburger Straße überbelegt.

Eigentlich sollten dort nur 500 Flüchtlinge unterkommen. Es kommen aber weit mehr in Zirndorf an. Immer wieder müssen Notzelte aufgestellt werden. Auch in den Schulräumen und im Kindergarten des Lagers sind jetzt Schlafplätze eingerichtet.

Der Lagerleiter bezeichnet sich als „Chaos-Verwalter", wie in der Zeitung zu lesen war. Er plädiert für einen Aufnahmestopp, bis es wieder geregelt zugeht. Das Ministerium in München lehnt jedoch eine Schließung zum jetzigen Zeitpunkt ab.

Über weitere Aufnahmestellen in anderen Städten wird diskutiert. Doch niemand will eine solche Einrichtung haben. Die Bevölkerung und auch die Politiker sind vehement dagegen.

Das alles geht Konrad durch den Kopf, als er die Volkhardtstraße entlang geht. ‚Aber warum muss ausgerechnet Zirndorf damit leben, und das schon seit 40 Jahren‘.

Damals wurde in Nürnberg das berüchtigte Valka-Lager aufgelöst und die Ausländer in der ehemaligen Gendarmerie-Kaserne an der Rothenburger Straße untergebracht. Aus der Übergangslösung wurde ein Dauerzustand.

Inzwischen ist Konrad auf der Höhe der Frauenschlägerstraße. Obwohl er einen Gehstock mitgenommen hat, spürt er die Hüfte wieder stärker. Er kehrt deshalb um und geht nach Hause. Er muss eine weitere Schmerztablette nehmen.

19. OKTOBER

Nach einer Fernseh-Dokumentation über andere Länder schreibt Sabine abends in ihr Tagebuch:

Von Karlheinz habe ich erfahren, dass der Journalist aus unserer Gruppe die Stafette nach Bonn auf der ganzen Strecke begleitet. Die Übergabe an den vorbereiteten Punkten soll bisher geklappt haben.

In einigen Orten organisierten die Vereine oder Freundschaftsgruppen sogar kleine Feste. Auch die Stadtoberen waren dabei. Ein Bürgermeister spendierte mit Bäcker und Metzger eine Brotzeit.

Motorräder der Polizei sicherten sogar verschiedene Strecken, wenn es keine Fußwege gab. Sanitäter hatten angekündigt, dass sie in Bereitschaft sind. Das finde ich ganz toll.

Die Lokalzeitungen haben fast jeden Tag über die Aktion berichtet. Deutschlandweit kommt Zirndorf endlich in ein positives Licht. Bisher erfährt die Bevölkerung immer nur von Problemen mit dem Ausländerlager. Damit ist die Stadt überall bekannt geworden.

21. OKTOBER

Bericht der Fürther Rundschau mit Foto über die „Zirndorfer Freundschafts-Stafette":

Bonn / Zirndorf — Nach zwölf Tagen ist die Zirndorfer Freundschafts-Stafette in Bonn angekommen. Im Bundeshaus wurden ihre Vertreter durch die Präsidentin des Bundestages empfangen.

Auf der rund 500 Kilometer langen Strecke waren fast durchgehend je ein deutscher und ausländischer Läufer unterwegs. Sie wurden von örtlichen Vereinen, Schulklassen und Sportlern begleitet. Auch Polizei und Sanitäter hatten auf einigen Abschnitten ihre Unterstützung angeboten. Bürgermeister und Gemeinderäte sorgten für Öffentlichkeit beim Start und Ziel in vielen Etappenorten.

An den Stationen wurden mehr als 1000 Unterschriften für die Zirndorfer „Erklärung gegen Ausländerhass" gesammelt. Die Läufer bekamen auch örtliche Resolutionen mit auf den Weg. Sie alle konnten von den Vertretern des Zirndorfer Ausländerbeirates und der „Initiative für Demokratie und Toleranz" an die Bundestagspräsidentin übergeben werden. Beide Gruppierungen hatten die Freundschafts-Stafette organisiert und begleitet.

Die Präsidentin dankte für die Botschaften an das Parlament und lobte das Engagement der Zirndorfer. Nach den spontanen Lichterketten der letzten Monate sei die Aktion ein Hoffnungszeichen für ein harmonisches Miteinander.

22. OKTOBER

Konrad wacht morgens auf und muss auf die Toilette. Weil es schon bald sieben Uhr ist, lohnt es sich für ihn nicht mehr, wieder ins Bett zu gehen. Noch im Schlafanzug holt er die Zeitung aus dem Briefkasten und setzt sich an den Tisch. Beim Aufblättern fällt ein Zettel auf den Boden. Er hebt ihn auf und liest: „Kriminelle Elemente in Zirndorf und Oberasbach. NDP-Greiftrupp im Einsatz. Bonner Multikulti ermuntert kriminelle Ausländer. Immer weniger Polizisten, dafür mehr Kriminelle. – Die NDP hat vor einiger Zeit einen Greiftrupp aufgestellt …“

Wütend schimpft Konrad: „Jetzt kommen sie auch bei uns aus den Löchern. Dieses Gesindel, hetzt im Namen von Recht und Ordnung gegen Ausländer.“ Erika stürzt erschrocken aus dem Schlafzimmer und fragt: „Was ist denn los, Konrad?“

„Was los ist? Die Nazis sind los. Sie geben sich als Helfer der Polizei aus und machen Jagd auf Ausländer.“

Erika versucht, ihn zu beruhigen: „Bitte reg dich nicht auf. Denk an dein Herz.“ Sie legt ihm beruhigend die Hand auf die Schulter. Dann liest sie selbst das Flugblatt der NDP.

Die Partei brüstet sich damit, schon viele Täter gestellt und der Polizei übergeben zu haben. Es werden auch Beispiele genannt, vor allem Diebstähle. Sie wollen eine zweite Streife für nächtliche Kontrollen aufstellen. Dazu brauchen sie Unterstützung und Geld. Für Spenden ist ein Konto genannt. Unterzeichnet ist der Aufruf von einem Uwe

Würmlein aus Oberasbach. Der Name ist Konrad und Erika nicht bekannt.

Nachdem sich Konrad etwas beruhigt hat, beginnen sie zu frühstücken. Zum Zeitung lesen hat er momentan keine Lust. Er denkt vielmehr an seinen Bruder. Der wurde im Dritten Reich von der SA (Sturmabteilung der NSDAP) für ein Verhör im Rathaus abgeholt.

Weil er nach zwei Stunden noch nicht zurück war, gingen er und ein Nachbar zur Wache. Dort sagte man ihnen, dass der Bruder bereits vor einer Stunde gegangen sei. Sie suchten die Strecke ab und fanden ihn zusammengeschlagen im Graben. Die SA hatte Selbstjustiz verübt.

Schlimm war vor allem, dass sich unter den SA-Männern einige Bekannte befanden. Mit ihnen hatte sein Bruder früher Fußball gespielt. Sie wohnten in der Nachbarschaft und gaben sich tagsüber als brave Bürger.

Die Begriffe Greiftrupp, Kommando, Bürgerwehr erzeugen bei Konrad immer wieder Beklemmungen. Er muss jetzt gleich seine Tabletten nehmen. Dann will er sich auf dem Sofa entspannen, doch das gelingt ihm nicht. Er beschließt, an die frische Luft zu gehen. Ein Spaziergang zum Garten über der Bibert könnte ihm gut tun.

Erika geht mit. Sie sprechen auf dem ganzen Weg kein Wort. Es kommt ein kalter Wind auf. Beim Fluss werden die Böen immer stärker. Bald sind auch die ersten Regentropfen zu spüren.

Gemeinsam decken sie im Garten die Pflanzen ab, die nicht winterhart sind. Das Wasser ist bereits abgestellt. Die Gießkannen und andere Utensilien bringen sie in den Schuppen.

Auch in den Nachbargärten sind die Besitzer am Aufräumen. Für ein Gespräch über den Zaun ist Konrad nicht in der richtigen Stimmung. Deshalb übernimmt Erika die Kommunikation. Über das Flugblatt des Greiftrupps wird allerdings nicht gesprochen.

Der Regen wird stärker. Konrad ölt noch die Schlösser und einige Werkzeuge. Dann gehen sie nach Hause. Erika hat Mühe, den Regenschirm gegen den Wind festzuhalten. Durch die heftigen Böen durchnässt der Regen die Hosenbeine der Eheleute.

Ihre Schuhe ziehen sie vor der Wohnungstüre aus. Den Schirm lässt Erika im Hausflur stehen. Dann kann er auf dem Abstreifer gut abtropfen. Konrad hat schlechte Stimmung, nicht nur wegen des Wetters. Er muss immer wieder an die Nazis denken.

23. OKTOBER

Wenn Wochenmarkt am Partnerschaftsplatz ist, geht Erika gerne dorthin. Sie meint, da wäre die Ware frischer als im Laden. Vom Supermarkt ist sie schon öfter enttäuscht worden. Erst beim Auspacken war die schlechte Qualität zu erkennen.

Zuerst stellt sie sich beim Gemüsehändler an. Eine kritische Frau fragt bei jeder Sorte, wann die Ware geerntet wurde. Der ältere Verkäufer antwortet bereitwillig. Vielleicht kennt er sie schon länger.

Erika will einen Wirsing und fragt nach einem kleinen Kopf. Es gibt derzeit aber nur große Exemplare. Dann wird sie eben einen Teil davon einfrieren. Außerdem braucht sie Kartoffeln. In den Tüten ist eine Mischung von kleinen, mittleren und großen Kartoffeln vorbereitet.

Die nächste Kundin hinter ihr erinnert daran, dass man früher für Klöße nur große Kartoffeln wollte. Das war beim Reiben günstiger. Doch wer macht sich heute noch die Arbeit, wenn es fertigen Kloßteig gibt?

Von den Zwiebeln nimmt Erika die milde Sorte, weil Konrad die scharfe nicht verträgt. Außerdem verlangt sie einen Bund Suppengrün. Im Winter essen sie fast täglich einen Teller Suppe. Das wirkt nach Ansicht ihres Mannes beruhigend auf den Magen.

Dann geht sie weiter zum Obststand. Zwei Frauen sind in einem heftigen Gespräch. Es geht um den NDP-Greiftrupp.

„Es muss endlich mal aufgeräumt werden", meint die eine. „Die Ausländer tanzen uns sonst noch auf der Nase herum."

Die andere stimmt dem zu: „Ich würde sie gleich wieder nach Hause schicken. Sie haben hier nichts verloren. Die Polizei muss schneller durchgreifen." Der Händler mischt sich lieber nicht ein.

Erika will sich die ausländerfeindlichen Töne nicht länger anhören und geht zum Käsewagen. Dort kauft sie die Eier von freilaufenden Hühnern. Der Eiermann ist immer gut aufgelegt. Manchmal macht er auch Witze. Heute lutscht er Hustenbonbons gegen eine Erkältung.

Inzwischen sind die beiden redseligen Frauen vom Obststand weiterzogen. Erika nimmt Bananen und Orangen mit. Ihre beiden Einkaufstaschen sind inzwischen ziemlich schwer geworden.

An der Ecke stehen einige Männer beisammen, die auf ihre Frauen warten. Wahrscheinlich dürfen sie deren gewichtige Taschen nach Hause tragen. Das würde sich Erika auch von Konrad wünschen. Doch der will nie zum Einkaufen mitkommen.

Das Gespräch der Männer dreht sich ebenfalls um den Greiftrupp. Sie scheinen unterschiedlicher Ansicht zu sein. Erika hört nur wenige Worte und geht schnell weiter.

Während Konrad und Erika beim Mittagessen sitzen, berichtet der Rundfunk über den Greiftrupp in Zirndorf und Oberasbach. Die Reporter sind auf der Suche nach Würmlein, finden ihn aber nicht. Von der Polizei bekommen sie offensichtlich noch keine konkreten Hinweise.

Mit den Leuten auf der Straße führen sie Interviews. Diese ergeben jedoch nichts Neues. Die Ansichten gehen, wie üblich, auseinander. Einige sind für die harte Linie, andere haben Verständnis für die Situation der Flüchtlinge.

Der Bürgermeister ist noch auf Dienstreise und konnte deshalb bisher nicht befragt werden. Die Beamten im Rathaus halten sich zurück und geben keine Antwort.

Konrad ist enttäuscht. Er hatte erwartet, mehr über den Greiftrupp zu erfahren.

24. OKTOBER

Bericht der Fürther Rundschau: „NDP-Jagd auf Ausländer".

Zirndorf – NDP-Greiftrupp in Zirndorf und Oberasbach aktiv – Jagd auf Kriminelle – Zusammenarbeit mit der Polizei? – Die Nationale Deutsche Partei jagt Ausländer.

Der Polizei sollen bereits viele Personen übergeben worden sein. In einem Flugblatt wird von 50 Tätern gesprochen. Der Polizeisprecher streitet die Zusammenarbeit mit einem Greiftrupp kategorisch ab. Der Verfasser des Flugblattes sei allerdings als Informant bekannt. Er habe mehrfach Delikte angezeigt. Die Hinweise hätten auch zu einigen Festnahmen geführt.

Im Rathaus führte das Flugblatt zu heftigen Reaktionen. Den Bürgermeister erinnern die Vorkommnisse an die früheren SA-Stoßtrupps. Er wundert sich, dass die Polizei auf solche Leute angewiesen ist und fordert eine Erklärung. Der von ihm informierte Landtagsabgeordnete verlangt eine Stellungnahme des Innenministers. Sofern sich Bürgerwehren bilden würden, seien sie sofort aufzulösen. Nach Ansicht der Politiker ist Selbstjustiz nicht akzeptabel. Das staatliche Gewaltmonopol dürfe nicht in Frage gestellt werden.

Die Flugblätter waren in den vergangenen Nächten in die Briefkästen der Zirndorfer Haushalte geworfen worden. Einige Leser, die das Pamphlet morgens mit ihrer Zeitung fanden, verdächtigten den Zeitungsausträger. Die für unsere Rundschau tätigen Personen haben damit aber nichts zu tun. Der

Handzettel muss von einem oder mehreren Helfern der NDP verteilt worden sein.

Allerdings wurden die Flugblätter nicht überall in die Briefkästen geworfen, sondern vor allem im Süden der Stadt, wo häufig Ausländer auf den Straßen zu sehen sind. Die Anwohner vermuten deshalb, dass sie gegen die Flüchtlinge aufgehetzt werden sollen.

Für den NDP-Kreisverband Fürth zeichnet ein Uwe Würmlein aus Oberasbach verantwortlich. Er soll auch der Verfasser des Flugblattes sein. Würmlein konnte bisher nicht erreicht werden, obwohl eine Adresse angegeben ist. Auch der Kreisvorsitzende der rechtsradikalen Partei war nicht zu erreichen.

25. OKTOBER

Nach dem gestrigen Zeitungsbericht will Konrad endlich mehr über den „Greiftrupp" wissen. Er konnte Manfred, der bei der Polizei arbeitet, bisher nicht erreichen. Heute probiert er es wieder.

Manfred lebt in einer Einliegerwohnung bei einer älteren Dame. Der Vormieter war ein Student. Er hatte die vereinbarten Aufgaben vernachlässigt (Müll raustragen, Getränke besorgen, Garten gießen und Rasen mähen). Deshalb wurde ihm gekündigt.

Für Manfred ist diese Wohnung ein Schnäppchen. Die Miete ist stark reduziert. Er macht mehr als die vereinbarten Arbeiten. Eigentlich ist er der Hausmeister. Seit seine Frau mit einem Freund durchgebrannt ist, lebt er hier.

Schläfrig meldet sich Manfred am Telefon. Er hatte Nachtschicht. „Was ist denn bei Euch los?", fragt ihn Konrad. „Was meinst Du damit?", antwortet Manfred. „Na, die Sache mit den Nazis. Seit wann seid Ihr auf die angewiesen?"

Manfred erklärt, dass er nicht auf dem laufenden sei. Er wisse nur, dass ein NDP-Mann schon mehrfach Meldung gemacht habe.

Einige seiner Kollegen wären darüber sichtlich erfreut. Andere betrachteten die Anzeigen nur als zusätzliche Arbeit. Eine Kollegin findet den Mann unangenehm, sein Gebaren widerlich. Er selbst habe ihn noch nicht gesehen.

Konrad meint, Manfred solle sich mal schlau machen. Was der Würmlein beruflich macht und so weiter. Schließlich müsse man sich doch informieren, wer da sein Unwesen treibt.

Er selbst will bei der auf dem Flugblatt angegebenen Adresse in Oberasbach nachsehen. Manfred ermahnt ihn, vorsichtig zu sein. Schließlich kennt er das aufbrausende Temperament von Konrad.

Zum Mittagessen gibt es Hackbraten mit Wirsing und Kartoffeln. Konrad langt kräftig zu. Das Gemüse ist ihm lieber als ein Salat, nicht nur im Winter. Das Fleisch ist für ihn dann eine Beilage. Gemüsesalate isst er gerne abends zu Wurst- oder Käsebroten.

Nachmittags macht sich Konrad auf den Weg. Seiner Frau sagt er nur, dass er eine Runde gehen möchte. Das Ziel verrät er ihr lieber nicht, damit sich sich keine Sorgen macht.

Beim Steg über die Bibert bleibt er eine Weile stehen. Er hat mal gelesen, dass es entspannend sein soll, wenn man längere Zeit aufs Wasser schaut.

Die Bibert fließt ziemlich langsam. Am Rand sind Enten unterwegs. Das ist wenigstens eine friedliche Situation. Ein anderer Mann gesellt sich dazu. Der will nur quatschen. Konrad geht deshalb weiter.

Auf der Rothenburger Straße ist nur geringer Verkehr. An den Wochentagen ist regelmäßig ein Stau in Richtung Nürnberg. Am Sonntag hat man fast freie Fahrt.

Bei der im Flugblatt angegebenen Oberasbacher Adresse handelt es sich um eine Gaststätte. Sie wird von einem Türken geführt. Das wundert Konrad. Wohnt dieser Würmlein bei einem Ausländer? Das wäre ungewöhnlich. Die Nazis sind doch gegen die Fremden.

Der Gastraum ist noch leer. Der Chef weist darauf hin, dass es erst in einer Stunde etwas aus der Küche gibt. Konrad fragt gleich nach Uwe Würmlein. Der Gastwirt erklärt, dass dieser hier nur eine Postadresse habe. Wo er wohnt, sei ihm nicht bekannt.

Würmlein würde alle paar Tage vorbeischauen und die Post abholen. Meist käme er am späten Abend. Mehr wisse er nicht. Und jetzt würde er in der Küche gebraucht. Schließlich soll das Essen pünktlich fertig werden. Damit lässt er Konrad grusslos stehen.

Eigentlich wollte der noch fragen, wo Würmlein arbeitet, doch wenn der Wirt die Privatadresse nicht kennt, dann weiß er wahrscheinlich auch nichts von der Beschäftigung. Oder will er vielleicht nur nichts preisgeben?

Konrad geht enttäuscht nach Hause, jedoch nicht auf dem direkten Weg. Beim Hirtenacker schaut er sich die alten Häuser an, die alle einen kleinen Garten haben. Sowas hatte er sich früher auch einmal gewünscht. Doch seine Frau war dagegen.

„Wirst Du dich um den Garten kümmern?", fragte sie damals. „Ich habe genug im Haushalt zu tun. Mir wäre eine Mietwohnung lieber." Damit war die Sache erledigt.

Abends ruft Konrad bei Sabine an. Vielleicht hat sie durch ihre Mitarbeit in der Initiative für Demokratie und Toleranz schon mehr über den Greiftrupp erfahren.

„Morgen Abend ist eine weitere Besprechung wegen der aktuellen Vorfälle", sagt sie. „Dann kann ich vielleicht mehr berichten." Damit gibt sich Konrad für heute zufrieden.

Eines geht ihm allerdings nicht aus dem Kopf: wieso hat der Nazi seine Postadresse ausgerechnet bei einem Türken? Ist der vielleicht auch bei der NDP?

27. OKTOBER

Bevor Sabine ins Bett geht, schreibt sie in ihr Tagebuch:

Gestern haben wir etwas über den Greiftrupp erfahren. Es handelt sich offensichtlich um einen Einzeltäter. Jedenfalls weiß man nichts von weiteren Personen. Uwe Würmlein ist Taxifahrer, allerdings nicht auf eigene Rechnung, sondern für den Besitzer des Mercedes, einen Herrn Schneider in Oberasbach.

Würmlein soll nur Nachtschicht fahren. Wenn er keine Kunden hat, geht er auf „Verbrecherjagd". Nachdem sein Standplatz in Oberasbach ist, kommt er oft am Ausländerlager vorbei.

Kollegen gegenüber hat er geäußert, dass er an den Staat keine Steuern bezahlen will. Sein Verdienst bleibe unter der Grenze. Andererseits will er aber schon kassieren. Arbeitslosengeld und Sozialhilfe soll er mehrfach bezogen haben.

Vom Typ her wird er als mißtrauischer, zurückhaltender Mensch beschrieben. Seinen Schäferhund hat er immer dabei. Den soll er von einem Türken gekauft haben. Das ist wahrscheinlich der Wirt, zu dem er die Post schicken lässt.

Vielleicht ist der Türke ein Sympathisant der Schwarzen Füchse. Das sind türkische Rechtsextremisten, die auch in Deutschland aggressiv auftreten. Sie würden zu den Nazis passen.

Die eigentliche Wohnadresse von Uwe Würmlein ist bisher nicht bekannt. Das alles habe ich Konrad erzählt, als ich ihn heute besuchte. Er hat sich bedankt und eifrig Notizen gemacht.

Außerdem informierte ich ihn, dass die Initiative eine Presseerklärung herausgeben wird. Bewußt soll darin von neonazistischen Aktivitäten gesprochen werden. Die Bevölkerung wird aufgerufen, gegen die braunen Rattenfänger zusammen zu stehen.

Sobald ich mehr erfahre, werde ich ihm Bescheid geben. Er soll wissen, dass es eine Gegenwehr gibt. Vielleicht kann er dann besser schlafen. Erika macht sich Sorgen, dass er sich in die Angelegenheit zu sehr hineinsteigert. Das wäre seiner Gesundheit sehr abträglich.

28. OKTOBER

Die Kartelrunde trifft sich heute bei Konrad und Erika. Bis zum Sommer hatten die befreundeten Kartler einen Stammtisch in der Wirtschaft „Zum bunten Hund". Seitdem ein neuer Pächter aus dem Lokal ein Speiserestaurant machen will, sind sie nicht mehr erwünscht.

Auch in den meisten anderen Lokalen sind Kartenspieler nicht mehr gern gesehen. Und dort, wo es noch möglich ist, passt Konrad und seinen Freunden die Umgebung nicht. Deshalb treffen sie sich jetzt reihum in den Wohnungen der Mitspieler.

Konrad hat verschiedene Biersorten besorgt. Helmut, der ehemalige Lehrer, kommt als erster. Er ist für seine Pünktlichkeit bekannt. Von seinen Freunden wird er Professor genannt. Er bringt Erika eine Packung Wohlfühl-Tee mit, denn er weiß, dass sie gerne Tee zur Entspannung trinkt.

„Das wäre doch nicht nötig gewesen", wehrt Erika ab. Doch insgeheim freut sie sich über das Präsent. Aus dem Kühlschrank holt sie eine Flasche Weißbier. Das trinkt Helmut am liebsten.

Dann erscheint Wilhelm, der Kraftfahrer. Obwohl er bereits in Rente ist, hilft er manchmal noch bei seiner ehemaligen Firma aus. Er hat in der Runde den Spitznamen Kutscher. Obwohl er nie auf dem Kutschbock saß, ist er beim Kutscherverein. Die richtigen Kutscher sind schon längst ausgestorben.

Weil Wilhelm heute nicht mehr Autofahren muss, trinkt er gerne ein Märzenbier. Ansonsten bevorzugt er alkoholfreies Bier. Konrad schließt sich ihm an, holt seine Flasche allerdings nicht aus dem Kühlschrank. Er mag es lieber etwas angewärmt.

Mit etwas Verspätung erscheint Sigmund, der frühere Filialleiter der Sparkasse. In der Runde wird er als Direktor angesprochen. Er hat ein Geschenk für die Eheleute dabei und schmunzelt bei der Übergabe. „Herzlichen Glückwunsch zum halben Jahrhundert", sagt er.

Die anderen Gäste wundern sich. Konrad und Erika sind doch schon wesentlich älter als 50 Jahre. „Was hat das zu bedeuten?". fragen sie den Direktor. Seine Antwort: „Ich habe auf geheimen Wegen erfahren, dass Konrad und Erika vor einigen Tagen Goldene Hochzeit hatten."

„Wie hast Du das erfahren?", will Konrad wissen. „Man hat da so seine Beziehungen", meint der Direktor. „Ihr beide seid im Goldenen Löwen zur Mittagszeit gesehen worden, was ungewöhnlich ist. Dabei hast Du eine Krawatte getragen und Erika hatte ein festliches Kleid an. Dafür gibt es nicht viele Anlässe."

„Aber das hätte doch auch ein ganz gewöhnlicher Hochzeitstag sein können", wirft Erika ein. „Das ist schon möglich", meint der Direktor. „Aber eine Nachfrage im Einwohneramt bestätigte meinen Verdacht."

Nachdem diese Frage geklärt ist, bekommt Sigmund einen Schoppen trockenen Frankenwein. Er ist kein Bierfreund. Dann beginnt die Kartelrunde. Sie spielen um Pfennige, damit es nicht so teuer wird.

Das Thema Greiftrupp wird nicht angesprochen. Die Freunde kommentieren nur die Spielweise ihrer Mitspieler.

Das geschieht teilweise mit deftigen Worten. „Hast Du To-maten auf den Augen" ist noch die freundlichste Bemerkung.

Erika strickt derweilen an einem Pullover für Kon-rad. Sie wundert sich über verschiedene Bemerkungen der Kartelrunde, hat sich in den letzten Monaten aber daran gewöhnt.

29. OKTOBER

Die Fürther Rundschau veröffentlicht eine Presseerklärung
der „Initiative für Demokratie und Toleranz":

Zirndorfer Initiative ist bestürzt über NDP-Greiftrupp. — Bürger aus Zirndorf und dem Landkreis sind erschrocken, daß sich
die neonazistische NDP Polizeibefugnisse anmaßt.

Der Ausdruck ‚Greiftrupp' würde an das Dritte Reich erinnern. Das wäre offenbar ganz bewußt geplant. Aus bisher
‚stummen' Sympathisanten der rechtsradikalen Bewegung sollen nach Einschätzung der besorgten Bürger nun Aktivisten
werden.

Die „Initiative für Demokratie und Toleranz" ermahnt die Bevölkerung, nicht wieder den ‚braunen Rattenfängern' auf den
Leim zu gehen. Die Freiheit dürfte nicht ausgehöhlt und dann
beseitigt werden.

Begrüßt wird die klare Sprache der verantwortlichen Politiker, die sich zu Recht an das System der SA-Rollkommandos
erinnert fühlen. Alle demokratischen Parteien und die gesell-
schaftlichen Organisationen werden aufgerufen, dem ‚braunen
Spuk' öffentlich die gebührende Absage zu erteilen.

30. OKTOBER

Konrad wird durch ein Geschrei geweckt. Als er langsam zu sich kommt, erkennt er die Stimme des Nachbarjungen. Der dirigiert wieder einmal die Busfahrer beim Wenden vor dem Schulhaus. Wenn sie seine Anweisungen nicht genügend beachten, schreit er unflätige Bemerkungen.

Vom Schlafzimmerfenster aus beobachtet Konrad die Szene. Der Fahrer eines Schulbusses richtet sich offensichtlich nicht nach Georgs Befehlen. Der gerät dadurch in Rage und belegt ihn mit Ausdrücken aus der Nazizeit.

Georg ist behindert, und zwar nicht körperlich, sondern geistig. Seine Mutter, die ihn alleine aufgezogen hat, wird mit ihm fast nicht mehr fertig. Er ist jetzt 30 Jahre alt und verweigert jede berufliche Tätigkeit. Deshalb kann sie ihn auch nicht in der beschützten Werkstatt unterbringen.

Kräfte hätte Georg genug. Wenn er manchmal bei den Nachbarn im Garten hilft, kann er richtig zupacken. Wer sich mit ihm anlegt, bekommt das auch gleich zu spüren. Die Nachbarskinder lassen ihn schon seit langer Zeit in Ruhe. Manche haben sogar Angst vor ihm.

Gestern hat Frau Müller, die Mutter von Georg, der Erika wieder ihr Leid geklagt. Im letzten Heim hat es Georg nicht lange ausgehalten. Wie überall sollte er verschiedene Regeln beachten. Das hat ihm nicht gepaßt. Auch zu Hause darf sie ihm nichts vorschreiben. Sonst wird er richtig zornig.

Manchmal ist Georg stundenlang unterwegs und sie weiß nicht, wo er ist. Er sagt nie, wohin er geht. Besonders am späten Abend und nachts hat sie keine Ruhe. Es könnte ihm schließlich etwas passieren. Sie kann nicht einschlafen, bevor er heimkommt.

Ihr jetziger Mann, Georgs Stiefvater, ist ihr dabei keine Hilfe. Er hat keine gute Beziehung zu ihrem Sohn. Wenn es kritisch wird, geht ihr Gatte in die nächste Wirtschaft. Dort sucht er dann Zerstreuung beim Spiel. Dass er dabei meist Geld verliert, macht ihm offensichtlich nichts aus.

Frau Müller weiß, dass die Rechtsradikalen kein Mitgefühl für Behinderte haben. Georg plappert zwar deren Parolen nach, doch ob sie ihn deswegen in Ruhe lassen? Sie halten ihn vielleicht nicht für einen lebenswerten Menschen.

Erika versucht sie zu beruhigen. Doch überzeugt ist sie nicht von dem, was sie sagt.

31. OKTOBER

Nach den Aufregungen der letzten Tage braucht Konrad mehr Ruhe und frische Luft. Er will nicht mehr so viele Tabletten schlucken. Mittags wird es sonnig. Er geht die Bibert entlang zum Wehr bei der früheren Mühle. Dort trifft er einen alten Schulfreund, der im Hirtenacker wohnt.

Nach der Begrüßung kommt Konrad direkt zur Sache: „Als Stadtrat weißt Du sicher mehr über den Nazi, der Jagd auf Ausländer macht."

Der Freund antwortet etwas ausweichend: „So viel weiß ich auch nicht. Nur das, was in der Zeitung steht."

Konrad läßt nicht locker: „Und was will der Stadtrat dagegen unternehmen?"

„Wir haben schon letztes Jahr gefordert, dass die Polizei verstärkt werden muss. Vor allem wegen der vielen Ausländer, die ins Lager kommen. Der Streifendienst in Zirndorf ist nicht ausreichend. Aber der Innenminister ist anderer Meinung. Die Sicherheitslage in der Stadt hat sich durch die Flüchtlinge wesentlich verschärft."

„Dann muss man eben mehr Druck machen. Vielleicht über die Landtagsabgeordneten."

„Das haben wir getan. Nach den Polizeiberichten gibt es eine eklatante Zunahme von Straftaten. Vor allem Autoaufbrüche, Ladendiebstähle und Wohnungseinbrüche."

„Und das waren alles die Ausländer?"

„Dafür gibt es keine Beweise – noch nicht, sondern nur Vermutungen."

„Schürt Ihr durch Euere Forderungen vielleicht das Misstrauen gegen die Flüchtlinge?"

„Also willst Du mehr Sicherheit – oder nicht?"

„Das schon, aber ohne Vorverurteilung der Ausländer, wenn nichts bewiesen ist."

„Leider erfahren wir zuwenig von der Polizei. Vielleicht sind schon welche überführt."

„Und deshalb sollen die Nazis mit einem Greiftrupp helfen?"

„Das ist doch Unsinn. Die spielen sich doch nur als Hilfspolizisten auf."

„Aber harmlos sind sie nicht. Sie bringen erhebliche Unruhe in die Stadt. Was wollt Ihr dagegen machen?"

„Das ist schwierig, solange sich diese Leute nicht strafbar machen."

Konrad ist mit den Antworten nicht zufrieden. Er verabschiedet sich ziemlich mürrisch und setzt seinen Spaziergang fort. Beim Hirtenackersteg geht er über die Bibert. Hier schaut er wieder den Enten zu.

Früher sind sie im Winter, wenn der Fluss zugefroren war, mit den Schlittschuhen bis nach Wintersdorf und Leichendorf gefahren. Ob es in diesem Winter wieder einmal so kalt wird?

Die erhoffte Entspannung seines Gemütszustandes ist bisher nicht eingetreten. Vielmehr grämt sich Konrad, dass man gegen die Rechtsradikalen nichts unternimmt. Wenn die Linken ebenso auftreten würden, wäre man sicher aktiver geworden.

2. NOVEMBER

Die Fürther Rundschau interviewte den bayerischen Innenminister nach einer Veranstaltung:

Herr Innenminister, wie kam es zur Zusammenarbeit von Uwe Würmlein mit der Polizei?

Da gibt es keine Zusammenarbeit. Es wurden der Polizei auch keine Täter übergeben. Den Hinweisen musste aber natürlich nachgegangen werden.

Wieso stellt die Polizei das aber nicht eindeutig klar?

Die verbreiteten Lügen sind kein Straftatbestand. Wir gehen davon aus, dass die Bürger das erkennen.

Wenn es in Bayern künftig eine Sicherheitswacht geben soll, ist das dann nicht etwas Ähnliches?

Das ist nicht dasselbe. Die Sicherheitswacht ist eine öffentliche Tätigkeit. Sie wird von der Polizei angeleitet. Über ihre Arbeit wird es Rechenschaftsberichte geben.

Könnte Herr Würmlein in einer künftigen Sicherheitswacht mitarbeiten?

Wer vom Verfassungsschutz beobachtet wird, hat bei dieser Aufgabe keine Chance.

Nachdem Konrad das Interview mit dem Innenminister gelesen hat, ruft er bei Manfred an. Dort meldet sich nur der Anrufbeantworter. Er bittet um Rückruf oder um einen Besuch am späten Nachmittag oder Abend. Am Tisch könne man die Sache mit dem Taxifahrer besser besprechen.

Das Interview mit dem Innenminister ist für Konrad völlig unbefriedigend. Der Politiker will in der Sache mit dem Nazi offensichtlich nur abwiegeln. Dass man für Lügen nicht bestraft werden kann, ist ihm neu.

In der Vergangenheit wurde mehrfach berichtet, dass es auch bei der Polizei und der Bundeswehr nicht wenige Rechtsradikale gibt. Warum sollte das bei einer Sicherheitswacht anders sein?

Während der Nachrichtensendung grummelt Konrad weiter vor sich hin. Erika überhört das geflissentlich. Sie weiß: wenn anschließend der Spielfilm kommt, wird er sich in seinen Opasessel verziehen. Liebesgeschichten mag er nicht.

Manfred antwortet heute nicht mehr. Er hat wahrscheinlich Spätdienst. Konrad muss sich bis morgen gedulden.

3. NOVEMBER

Manfred meldet sich bei Erika und kündigt seinen Besuch für den späten Vormittag an. Sie lädt ihn gleich zum Mittagessen ein. Es gibt Kohlrouladen mit Kartoffelbrei. Die hat er früher so gerne gegessen. Wenn etwas übrig bleibt, kann er den Rest gerne mitnehmen.

Manfred freut sich, dass er nicht kochen muss. Als Single ist ihm das eine lästige Pflicht. Häufig schiebt er Tiefkühlkost in die Mikrowelle. Seine Schicht auf der Polizeiwache beginnt heute wieder am Nachmittag.

Konrad ist derweilen beim Friseur. Er läßt sich dort auch die Haare waschen, weil das zu Hause etwas umständlich ist. Die Friseuse fragt ihn jedesmal, welchen Haarschnitt er haben möchte. Als ob er in seinem Alter eine andere Frisur bräuchte.

Auf dem Heimweg geht er noch bei der Sparkasse vorbei und hebt Bargeld ab. Er kommt fast pünktlich kurz nach 12 Uhr zu Hause an. Manfred ist schon da. Sie lassen sich die Kohlrouladen schmecken.

Noch während sie essen, fordert Konrad seinen Gast auf, Neues über Taxifahrer zu erzählen. Manfred erklärt zunächst, dass sie bei der Polizei zur Verschwiegenheit verpflichtet worden sind.

Das kümmert Konrad aber wenig. Er will zuerst wissen, ob die Privatadresse von Würmlein bekannt ist. Manfred weiß sie nicht. Dann geht es um die berufliche Tätigkeit.

Manfred erklärt: „Dazu kann ich nicht viel berichten, weil ich mit der Sache nicht einmal am Rande befasst bin. Und unter den Kollegen wird wenig darüber gesprochen. Nur nebenbei habe ich etwas mitbekommen."

Das Einsatzgebiet von Manfred ist derzeit der westliche Landkreis. Dort fährt er regelmäßig mit Kollegen auf Streife. Deshalb ist er nur zu Beginn und am Ende der Schicht in der Wache.

Als Taxifahrer soll Würmlein nur in Teilzeit tätig sein. Dabei würde er gerade so viel verdienen, wie er zum Leben braucht. Zwischendurch wäre er arbeitslos, wenn ihn der Besitzer des Taxi nicht braucht, weil er selbst fährt.

„Verheiratet ist Würmlein derzeit nicht", berichtet Manfred weiter. „Ob er für die frühere Ehefrau und die Kinder Unterhalt zahlen muss, ist nicht bekannt. Wahrscheinlich reicht dafür sein Einkommen nicht aus."

Bisher soll Würmlein nicht straffällig geworden sein. Einen Waffenschein habe er vor Jahren erhalten. In einem Schützenverein sei er jedoch nicht.

Konrad fragt noch nach dem türkischen Wirt in Oberasbach. Ob der vielleicht als Treffpunkt für Rechtsradikale bekannt ist. Manfred weiß dazu nichts Näheres. Die Gaststätte wäre aber jetzt unter Beobachtung, was immer das heißen soll.

„Ob man dadurch vielleicht an weitere Hintermänner kommt?", setzt Konrad nach. „Es kursieren viele Gerüchte" meint Manfred, „doch damit will ich mich nicht befassen." Auch auf Nachfrage von Konrad erzählt er keine Vermutungen.

Erika beschwichtigt ihren Mann: „Lass es gut sein. Die Polizei macht schon ihre Arbeit." Konrad hatte sich vom

Gespräch mit Manfred mehr erhofft. Er hat den Verdacht, dass dieser nicht alles erzählt, was er weiß.

4. NOVEMBER

Konrad ruft beim Einwohnermeldeamt in Oberasbach an und fragt nach der Adresse von Uwe Würmlein. Die Dame will wissen, welches berechtigte Interesse er an der Information habe.

Er gibt sich als naher Bekannter aus. Seinen Antrag müsse er schriftlich einreichen, meint die Dame, und eine Gebühr im voraus bezahlen. Da gibt Konrad auf.

Seiner Frau ist es nicht recht, dass er sich so intensiv mit der Sache beschäftigt. „Wenn es etwas zu ermitteln gibt, dann macht das schon die Polizei", meint Erika.

„Da sind mir zu viele auf dem rechten Auge blind", antwortet ihr Konrad. „Sie sympathisieren wahrscheinlich mit dem Nazi und decken seine Machenschaften."

Angestrengt denkt er darüber nach, wer ihm noch helfen könnte. Im Zirndorfer Rathaus wüsste er schon einige Leute, doch in Oberasbach kennt er niemanden.

Nach dem Mittagessen geht Konrad zum Taxistand am Marktplatz. Er will sich bei den Taxifahrern erkundigen, ob sie ihm etwas über Würmlein erzählen können.

Der erste Fahrer sagt ihm, dass er den Mann überhaupt nicht kennen würde. Er habe nur von ihm gehört. Nach seiner Kenntnis ist er nicht in der Kernstadt von Zirndorf unterwegs. Und zu den Aktivitäten des NDP-Mannes wolle er sich nicht äußern.

Der zweite meint: „Gehen Sie weiter, mit dem will ich nichts zu tun haben." Auf die Frage, welchen Grund es dafür gebe, bekommt Konrad keine Antwort.

Nach einiger Zeit, als die beiden Taxis weggefahren sind, kommt ein weiterer Wagen. Konrad setzt sich auf den Beifahrersitz und gibt als Ziel die Gaststätte des Türken in Oberasbach an.

Auf dem Weg dorthin bringt er das Gespräch auf Würmlein. Doch auch von diesem Mann erfährt er nicht mehr, als er schon weiß. Der Nazi scheint ein richtiger Einzelgänger zu sein.

Beim Bezahlen erkundigt sich Konrad nach dem Taxistand in Oberasbach. Der befindet sich beim Rathaus. Zur türkischen Wirtschaft will der Fahrer nichts sagen. Er hat angeblich noch nie jemanden dorthin gefahren oder von dort abgeholt.

Es ist zwar erst Nachmittag, aber Konrad hat Appetit auf ein Bier. Er geht in die türkische Gaststätte. Das Bier serviert eine junge Frau. Er fragt sie nach Würmlein. Sie antwortet mit einem ausländischen Akzent: „Darüber will ich nicht sprechen. Das gibt nur Ärger."

Ein anderer Gast setzt sich zu ihm an den Tisch. Sie kommen ins Gespräch. Der junge Mann hat sich auf das Flugblatt bei Würmlein gemeldet und Interesse an dem Greiftrupp gezeigt.

„Gestern war eine Antwort in meinem Briefkasten. Heute Abend kann ich mit Würmlein eine Kontrolle fahren. Ab 19 Uhr soll ich mich bereit halten. Vorher wollte ich mich hier mal umsehen, weil ich die Wirtschaft bisher nicht kenne. Ich bin jetzt schon etwas aufgeregt."

Eine Telefonnummer von Würmlein hat der Gast aber nicht. Sie haben sich nur schriftlich verständigt. Hilfssheriff wollte er schon immer mal sein. Er meint: „Wie man observiert, interessiert mich seit meiner Jugendzeit. Jetzt kann ich mal dabei sein."

Konrad fragt ihn, ob er ihm in den nächsten Tagen etwas über die Nachtstreife erzählen würde. Er gibt ihm seine Telefonnummer. Eine Zusage bekommt er nicht.

Gemeinsam verlassen sie das Lokal. Der junge Mann fährt auf einem Motorroller in Richtung Oberasbach davon. Konrad macht sich zu Fuß auf seinen Heimweg. Es wird langsam dunkel. Auf der Rothenburger Straße strömt der Berufsverkehr vorbei. Bei der Frauenschlägerstraße erscheint ihm die Straßenbeleuchtung schwächer als an der Hauptstraße.

Vor ihm taucht eine Gruppe dunkelhäutiger Personen auf. Konrad kann sich vorstellen, dass andere Leute in einer solchen Situation Angst bekommen. Er hat jedoch keine Furcht vor den Ausländern.

Erika hat sich Sorgen gemacht, weil er länger als sonst weggeblieben ist. Außerdem wusste sie nicht, was er vorhat. Deshalb macht sie ihm Vorwürfe. Es könnte doch etwas passieren.

Beim Abendessen erzählt er von seinen Erkundigungen: „Die Taxifahrer scheinen den Nazi nicht als Kollegen zu betrachten. Oder sie sind insgeheim auf seiner Seite und wollen deshalb nichts über ihn erzählen."

In der Türken-Gaststätte sei man ebenfalls sehr zugeknöpft. Der junge Mann, der Kontakt zu Würmlein aufgenommen hat, habe die Einladung zur Kontrollfahrt bestätigt. Ob er später darüber berichten werde, sei nicht sicher.

6. NOVEMBER

Sabine schreibt am Abend in ihr Tagebuch:

Gestern habe ich mich längere Zeit mit Karlheinz von der Bürgerinitiative unterhalten. Wir trafen uns im Café. Ich wollte mehr über die Zirndorfer Initiative für Demokratie und Toleranz wissen. Über die Entstehung, frühere Aktivitäten und weitere Einschätzungen. Er erzählte sehr ausführlich.

Gegründet wurde die Gruppe von einem Journalisten und einigen seiner Bekannten. Anlass waren zahlreiche Übergriffe gegenüber Ausländern, wie in Hoyerswerda, dann Rostock-Lichtenhagen, Mölln und Solingen.

Wegen des Aufnahmelagers befürchtete man auch in Zirndorf solche Anschläge. Die Asylbewerber sollten deshalb geschützt werden.

In der Gruppe war man nicht immer einer Meinung. Die Textentwürfe des Journalisten für offizielle Erklärungen waren den konservativen Mitgliedern häufig zu scharf formuliert. Sie wollen die Ereignisse ‚nicht zu hoch hängen'.

Vor allem die Kritik an den Parteien mißfiel ihnen. Um die Zusammenarbeit nicht zu gefährden, wurden die Texte abgemildert. Das war anderen wiederum nicht recht.

Im Januar hatte die NDP ein Hetzflugblatt gegen die Gewerkschaften verteilt. Sie wurden als eine Gruppe von Asozialen, Schwulen, Pennern und Arbeitsscheuen bezeichnet. In der Zeitung wurde berichtet, dass das Landesamt für Verfassungsschutz gegen die NDP ermittelt.

Von den Ergebnissen ist Karlheinz bisher nichts bekannt. Ob sie im Sande verlaufen sind? Bei anderen rechten Gruppierungen ist das schon der Fall gewesen. Es entsteht der Eindruck, dass unsere Sicherheitsbehörden auf dem rechten Auge eine Sehschwäche haben.

Die Ehefrau eines türkischen Gemüsehändlers wurde kürzlich belästigt, als ihr Mann beim Einkauf auf dem Großmarkt war. Das blieb ohne Folgen, weil der Täter unter Alkoholeinfluss stand. Müssen sich unsere Nazis jetzt nur vor einer Straftat betrinken, damit sie straffrei bleiben?

9. NOVEMBER

Der Schulfreund vom Hirtenacker kommt bei Konrad und Erika vorbei. Ihm ist das Gespräch mit Konrad vor einer guten Woche nicht aus dem Kopf gegangen. Er hatte den Eindruck, dass sie im Unfrieden geschieden sind. Das will er bereinigen. Neuigkeiten hat er jedoch nicht dabei.

Dass in den Gartenhäusern an der Bibert eingebrochen worden wäre, ist schon seit einiger Zeit behauptet worden. Die Leute erzählen sich allerlei Geschichten auf der Straße. Bei der Polizei würde es mehrere Anzeigen geben.

Im Stadtrat wurde dazu mitgeteilt, dass es noch keine konkreten Beweise zu den mutmaßlichen Tätern gebe. Die Ermittlungen wären aber in vollem Gange. In der Vergangenheit gab es solche Einbrüche immer wieder. Jugendliche wurden damals auf frischer Tat ertappt.

Was den Schulfreund ebenfalls empört, ist die Mitteilung des Vereinsvorstandes, dass in den Gärten Exkremente gefunden wurden. In eine solche Hinterlassenschaft sei ein Vereinskamerad letzte Woche getreten. Und andere Gartenbesitzer hätten gesehen, wie Ausländer an die Gartenzäune pinkelten.

Jetzt wird es Konrad zuviel. Er erinnert seinen Schulfreund an andere Begebenheiten in Zirndorf.

„Jetzt mach mal langsam. Wenn die Leute nach der Bierprobe bei der Kirchweih heimgingen, konnten sie manchmal auch das Wasser nicht halten. Sie hinterließen sogar an den

Hauswänden oder in den Hofeinfahrten ihre Markierungen. Und da waren auch Stadträte dabei."

„Das kann ich mir gar nicht vorstellen."

„Aber das war so. Ich habe es miterlebt. Selber hatte ich das Problem ja nicht, weil ich nur ein paar Minuten entfernt wohne."

„Aber das mit den Einbrüchen ist doch ein Problem. Auch Autos in der Umgebung des Lagers sollen aufgebrochen worden sein."

„Da warten wir erst einmal ab, was die Polizei feststellt. Vielleicht passt es bestimmten Leuten ins Konzept, dass sie solche Taten den Ausländern in die Schuhe schieben können."

Erika erzählt, dass die Frauen beim Einkaufen viele Gerüchte verbreiten. Selbst solche, die schon längst widerlegt worden sind. Es herrscht nach ihrem Eindruck eine ungünstige Stimmung in der Stadt.

Während sie in der Küche verschwindet und das Mittagessen vorbereitet, verabschiedet sich der Schulfreund. „Nichts für ungut", meint er noch.

11. NOVEMBER

Konrad träumt von rechten Schlägern und wälzt sich im Bett. Die aggressiven Radikalen belagern Häuser, in denen Flüchtlinge untergebracht sind. Mehrere Tage herrschen Angst und Schrecken. Die Polizei greift nicht ein. Sie schaut nur zu und zieht sogar ab, als es brenzlig wird. Molotow-Cocktails fliegen gegen das Gebäude.

Als Konrad im Traum laut ruft, weckt ihn seine Frau. Er ist schweißgebadet und muss den Schlafanzug wechseln. Dann geht er zurück ins Bett. Sobald er einschläft, kommt der Traum wieder.

Die Flüchtlinge werden von der Polizei jetzt weggebracht. Eine große Zuschauermenge johlt. Die Rechtsradikalen tanzen auf der Straße und prosten sich mit Bierflaschen zu. Sie feiern ihren Sieg.

Solche oder ähnliche Träume hat Konrad öfter. Seine Frau muss ihn nach dem Aufstehen noch beruhigen. Heute ist es besonders schlimm. Deshalb trinkt er keinen Kaffee zum Frühstück, sondern einen Kamillentee.

Erst anschließend kann er teilweise erzählen, was er geträumt hat. Erika sieht den Grund für diese Träume in den Ereignissen der letzten Zeit, als Rechtsradikale in anderen Städten sehr aggressiv aufgetreten sind. Das hat ihrem Mann Angst gemacht.

Nach dem Frühstück ruht er sich auf dem Sofa aus. Seine Gedanken schweifen um den Garten im Sommer. Da verbringen sie manchmal den ganzen Tag. Sie haben eine kleine Küche in das Gartenhaus eingebaut. Erika kann das Mittagessen deshalb auch dort zubereiten.

Die Umgebung ist sehr friedlich. Der streitbare Nachbar hat das Grundstück aufgegeben und ist weggezogen. Konrad freut sich schon auf den Frühling, wenn die Blumen sprießen und er den Kompost ausbringen kann.

Hinter den Hecken ist die feindliche Welt ausgeschlossen. Mit den anderen Gärtnern wird nicht politisiert. Sie tauschen nur Erfahrungen über Pflanzen oder Unkräuter und Schädlinge aus.

Mit solchen Gedanken schläft Konrad ein. Es ist schon bald Mittag, als ihn Erika weckt. Er wundert sich, dass er so lange schlafen konnte. Doch jetzt fühlt er sich ausgeruht.

Zum Mittagessen gibt es seine Leibspeise: Königsberger Klopse mit Kapernsoße im Reisrand. Da bleibt nichts übrig, auch wenn er sich für den Rest etwas zwingen muss.

Nachmittags trifft sich wieder die Kartelrunde, diesmal bei dem früheren Lehrer. Sie kommen alle zwei Wochen zusammen. Erika gibt Konrad für die Frau des Lehrers ein Backrezept mit, das diese vor kurzem haben wollte.

Neben dem Gastgeber ist der Kutscher schon da. Der Direktor kommt wieder als letzter. Konrad wird übrigens in dieser Runde als Meister tituliert. Er ist der einzige Handwerker am Tisch.

Als der Lehrer ziemlich lange die Karten mischt, fallen die ersten Sprüche: „Dabei soll schon mal einer gestorben sein." Nachdem er ausgeteilt hat, beschwert sich der erste Spieler: „Das ist ein mieses Blatt. Du hättest Dir vorher die Hände waschen sollen."

So geht das nun die ganze Zeit. Konrad ist froh, dass er durch das Spiel abgelenkt ist. Erst in einer Pause spricht der Lehrer das Thema Greiftrupp an. Doch die anderen gehen darauf nicht ein. Sie verspeisen lieber die von seiner Frau servierten Pizzabrötchen. Dann nehmen sie das Spiel wieder auf.

Als es draußen dunkel wird und die Straßenlampen leuchten, erklärt der Direktor, dass er heute früher gehen muss. Er habe einen Termin beim Notar.

13. NOVEMBER

Die Fürther Rundschau veröffentlicht einen Leserbrief zum
Thema Fremdenhass in Deutschland mit Bezug auf Zirndorf:

Offene Ausländerfeindlichkeit gibt es hier nicht, keine Brand-
bomben, keine Skinheads mit Baseballschlägern zum ‚Neger-
klatschen‘, keine Naziparolen an den Fassaden. Zirndorf ist
eine ganz normale fränkische Kleinstadt. Aber die Republika-
ner haben bei der Stadtratswahl in einigen Stimmbezirken er-
staunlich viele Stimmen bekommen.

Der Fremdenhass ist nicht offensichtlich. Er wird unter der
Decke gehalten und man spürt ihn nur, wenn man aufmerksam
hinhört. Da gibt es ganz private Beleidigungen durch Mitmen-
schen oder Amtspersonen. Und eine Diskriminierung im Alltag.
Die Ausländer sind aber meist geduldig.

Gerne werden Gerüchte über Diebstähle, Einbrüche und andere Straftaten verbreitet. Mehr Polizei auf den Straßen wird
gefordert. Das ist grundsätzlich richtig, auch wegen derjeni-
gen Inländer, die sich ungebührlich verhalten. Und davon gibt
es mehr als von den Ausländern.

Eine Bürgerwehr brauchen wir nicht. Das hat sich in früheren Zeiten nicht bewährt. Da wollen sich manche nur profilie-
ren. Sie reden von Recht und Ordnung und meinen einen au-
toritären Staat.

Wenn manche der Ansicht sind, wir hätten ein Ausländer-
problem, dann sage ich, wir haben zuerst ein Inländerproblem.

Nicht die Fremden säen den Hass, sondern unsere eigenen Leute.

Das Klima in Deutschland ist kälter geworden — auch bei uns in Zirndorf. Wir müssen wachsam sein, dass die Stimmung nicht umschlägt.

17. NOVEMBER

Gleich nach einem Telefonanruf von Karlheinz schreibt Sabine in ihr Tagebuch:

Soeben wurde ich informiert, dass sich in einer Zirndorfer Gaststätte rechtsradikale Jugendliche aus Nürnberg und Fürth mit Zirndorfern getroffen haben. Im Nebenzimmer wurde die Reichskriegsflagge aufgehängt.

Was besprochen wurde, hat die Bedienung nicht verstanden. Wenn sie den Raum betreten hat, wäre leiser geredet worden. Später sei ein schneidiger Erwachsener dazu gekommen.

Ob diese Leute etwas mit dem NDP-Greiftrupp zu tun haben, ist nicht bekannt. Trotzdem könnte die Situation brenzlig werden.

Zum Schluss ist die Versammlung immer lauter geworden. Auch ein zackiges Lied hätten sie gesungen. Die Melodie war der Bedienung aber nicht bekannt. Den Text hat sie nicht verstanden, weil er gebrüllt wurde.

Der Wirt ist anscheinend nicht eingeschritten. Nachdem alle bezahlt hatten, gingen die Teilnehmer mit Hochrufen auf Deutschland aus dem Lokal. Die Gäste in der Stube wären sehr verwundert gewesen.

Karlheinz schlägt nun vor, die geplante Telefonket-
te sofort einzurichten. Wir müssen in der Lage sein,
alle Mitglieder der Initiative bei Gefahr sofort zu
benachrichtigen.

Mein Adrenalinspiegel steigt. Ich male mir ver-
schiedene Szenarien aus. Kahlköpfige junge Leute in
Springerstiefeln ziehen durch Zirndorf und grölen
ausländerfeindliche Parolen.

Die Leute schauen verängstigt durch die Gardinen.
Einige schließen sich dem Zug an. Vor dem Ausländer-
lager halten sie eine Wache. Als es dunkel wird,
entzünden sie Fackeln. Die Polizei lässt sie gewähren.

19. NOVEMBER

Konrad muss sich bei seinem Hausarzt ein neues Rezept besorgen. Er will über die Bachstraße zur Ölstraße gehen, doch am Rathausplatz steht eine Absperrung.

Die Stadt hat damit begonnen, die Straße aufzugraben. Wahrscheinlich müssen sie die Kanalisation erneuern. Da wird es langsam Zeit, denn immer noch fließt bei Starkregen das Wasser nicht schnell genug ab.

Unwillkürlich muss Konrad daran denken, dass regelmäßig in der Innenstadt gebuddelt wird. Nur zur Kirchweihzeit machen sie eine Pause. Vor allem wegen der Besucher, die von außerhalb kommen.

Auf der Baustelle sieht er keine Arbeiter. Die machen vielleicht jetzt auch Pause. Vorbei am Roten Roß und über den Marktplatz geht Konrad in die Nürnberger Straße. Die Steintreppe nach unten zur Ölstraße mag er nicht. Der Umweg über die Karlstraße ist ihm lieber.

Im Wartezimmer des Arztes trifft er einen alten Bekannten. Der spricht ihn gleich auf das Thema Ausländer an. „Zufällig habe ich gestern ein Magazin in meinen Unterlagen gefunden, in dem über die früheren Zirndorfer Verhältnisse berichtet wird. Das ist sehr interessant. Der Bürgermeister und andere kommen darin gar nicht gut weg."

Konrad zeigt sich interessiert. Der Bekannte will ihm das Magazin gleich heute Nachmittag vorbeibringen. Dann wird er von der Sprechstundenhilfe aufgerufen. Konrad kommt als Nächster dran.

Der Arzt misst den Blutdruck und zieht die Stirne in Falten. „Gibt es etwas, was Sie aufregt?", fragt er besorgt. Zögerlich antwortet Konrad: „Die Nazis."

„Wieso die Nazis? Gibt es da jetzt in Zirndorf auch welche?"

„Haben Sie denn nichts von dem Greiftrupp gehört?", gibt Konrad zurück. Dabei fällt ihm ein, dass der Arzt in Fürth wohnt und hier nur seine Praxis hat.

Konrad erzählt von Uwe Würmlein und seinen Aktivitäten. Darauf meint der Arzt: „Das sollten Sie sich nicht so arg zu Herzen nehmen. Es wird schon nicht so schlimm sein. Denken Sie an Ihre Gesundheit."

Dann gibt er ihm das gewünschte Rezept und Konrad geht nach Hause. Zu seiner Erika sagt er: „Der Doktor hat leicht reden. Ich soll mich in Gelassenheit üben. Wie kann man das trainieren?"

Nach einer Pause meint er noch: „Wie soll man da ruhig bleiben, wenn die Braunen die Leute aufhetzen." Dann nimmt er einen kräftigen Schluck aus der Bierflasche. Vielleicht hilft das zur Entspannung.

Auf dem Sofa ruht er sich eine Weile aus. Der alte Bekannte kommt vorbei und bringt ihm eine ältere Ausgabe der Zeitschrift „Das Magazin". Der Artikel über das Zirndorfer Sammellager trägt die Überschrift: „Ein Ghetto für Flüchtlinge."

Ein Reporter aus Berlin hatte das Lager besucht und die Räumlichkeiten beschrieben. Die alte Kaserne war für ihn ein düsterer Ort. Fotos illustrierten die Beschreibung.

Dann ging er ausführlich auf die Situation der Flüchtlinge ein. Er sah überfüllte Zimmer und überlastete sanitäre

Verhältnisse. Es lebten vor allem Araber und Afrikaner im Lager. Bis zu 16 Personen hausten in einem Zimmer.

Die Muslime hätten es als Kränkung empfunden, dass sie mittags Schweinefleisch vorgesetzt bekamen. Von ihrem knappen Taschengeld kauften sie sich deshalb andere Nahrungsmittel.

Zirndorfs Bürgermeister protestierte mit einem Weißbuch gegen die Überbelegung des Lagers. Er wird im Artikel als „Fürst von Zirndorf" bezeichnet. Angeblich sollen ihm seine Genossen diesen Titel verliehen haben.

Von Einwohnern wurde beklagt, dass „orientalisch aussehende Ausländer" abends die Straßen der Innenstadt bevölkern. Vor allem die Zirndorfer Frauen würden zu dieser Zeit nicht mehr ohne männliche Begleitung unterwegs sein.

Ein „Bürgerkomitee zur Wiederherstellung der Sicherheit und Ordnung" beklagte die menschenunwürdigen Zustände für die Flüchtlinge. Sollten Bund und Land die Situation nicht ändern, wären „Selbsthilfe-Aktionen" nicht ausgeschlossen.

Das klingt für Konrad schon fast nach Bürgerwehr. Offenbar war die Situation vor zehn Jahren auch schon sehr angespannt. Er kann sich aber nur noch an eine Kundgebung auf dem Marktplatz erinnern.

21. NOVEMBER

Manfred und Sabine kommen am Nachmittag zu Erika und Konrad. Die Einladung war schon vor einiger Zeit ausgesprochen worden. Der Schichtdienst des Polizisten musste berücksichtigt werden.

Manfred erzählt gleich zu Beginn von einer Anzeige, die der Taxifahrer Würmlein vor zwei Tagen auf der Wache erstattet hat. Er kam aufgebracht mit einem Zettel, den er unter dem Wischerblatt des Fahrzeuges fand. Von einer Kopie liest er den Text ab:

„Flüchtlinge stehen unter dem Schutz des Grundgesetzes. Wer ihnen Leid zufügt, bekommt es mit uns zu tun. Wir warnen alle Nazis vor Selbstjustiz. Die Rache könnte grausam sein. Antifaschistische Zelle."

Außerdem wären beim Taxi zwei Autoreifen zerstochen worden. Der Besitzer des Taxis hätte gesagt, dass Würmlein die Kosten für neue Reifen vom Lohn abgezogen bekommt. Das hat ihn furchtbar aufgeregt.

Der Handzettel ist offenbar sonst nirgendwo aufgetaucht. Jedenfalls hat die Polizei keine weiteren Erkenntnisse. Fingerabdrücke gibt es nicht. Die Schrift weist auf einen Standarddrucker hin.

Eine antifaschistische Zelle ist in Zirndorf oder Oberasbach bisher nicht bekannt geworden. Früher gab es mal welche in Fürth und Nürnberg. Ob die noch aktiv sind, wird derzeit ermittelt. Die Polizei nimmt die Drohung sehr ernst. Sie ermahnte aber auch den Würmlein, künftig zurückhaltend zu sein.

Konrad konnte seine heimliche Schadenfreude nicht verbergen. „Geschieht dem Greiftruppler ganz recht", meint er. „Ich habe mich schon gewundert, dass es bisher keine Gegenmaßnahmen gab."

Auch Sabine findet keine Worte des Bedauerns. Vielmehr wünscht sie den Nazis noch mehr Probleme an den Hals. Sie will das aber nicht ausführlicher erklären.

„Wenn sich solche Gruppen gegenseitig hochschaukeln, kann es gefährlich werden", meint Manfred. Auch Erika befürchtet, dass die Lage eskalieren könnte.

Dann erzählt Sabine vom Treffen der rechtsradikalen Jugendlichen in der Zirndorfer Gaststätte. Was dort besprochen wurde, konnte anschließend nicht in Erfahrung gebracht werden.

Der Wirt hätte inzwischen viele Vorwürfe bekommen. Einige Stammgäste wollen nicht mehr zu ihm gehen, wenn sowas nochmal passiert. Er entschuldigt sich damit, dass ihm der Jugendliche, der bei ihm gefragt hatte, als freundlicher Sohn eines Gastes bekannt war. Wen dieser mitbringen würde, konnte er nicht ahnen.

Konrad sagt, dass er diesen Gastwirt noch nie leiden konnte. Seine Wirtschaft hat er schon lange gemieden. Früher gab es einmal eine Razzia in dem Lokal. Da ging es um Rauschgift. Was daraus geworden ist, weiß er nicht mehr.

Ob sich die Polizei um die Angelegenheit mit den rechtsradikalen Jugendlichen kümmern wird, konnte Manfred nicht sagen. Er hat dazu keine Informationen. Konrad macht sich keine Hoffnungen.

Sabine berichtet noch von der Einrichtung einer Telefonkette. Die Initiative für Demokratie und Toleranz will schnell reagieren, wenn es zu ausländerfeindlichen Vorfällen in Zirndorf kommt.

23. NOVEMBER

Konrad findet zusammen mit der Zeitung ein weiteres Flugblatt der NDP im Briefkasten. Schon auf der Treppe beginnt er zu lesen. Dabei stolpert er über eine Stufe und kann sich gerade noch am Geländer festhalten.

Uwe Würmlein beschimpft jetzt den bayerischen Innenminister für dessen Anordnungen an die Polizei. Die NDP war bei verschiedenen Veranstaltungen beobachtet und teilweise gestört worden.

Zur Zirndorfer Rathauswache wird, wie vorher bereits vom Stadtrat, die unzureichende Besetzung beklagt. Die Verantwortlichen in München werden als „Nullen" bezeichnet.

Würmlein berichtet außerdem über die Erfolge des Greiftrupps in den letzten drei Jahren. Es werden mehrere Straftaten aufgezählt, wobei die Täter gestellt und der Polizei gemeldet oder übergeben worden sein sollen.

Bei den Datumsangaben fällt Konrad auf, dass keine aktuellen Fälle genannt sind. Sie liegen alle schon mehr als ein Jahr zurück. Der Greiftrupp hat zuletzt offensichtlich keine Erfolge gehabt. Das ist erfreulich.

Zum Schluss wurde allen Bürgern gedankt, die mit einer Spende die Beschaffung von Ausrüstungsgegenständen (Funktelefone, Nachtsichtgläser, Handschellen usw.) ermöglicht hätten. Für weitere Spenden ist ein Konto angegeben. Auf Wunsch würde eine Spendenbescheinigung zugesandt werden.

Dieses zweite Flugblatt zeigt nach Einschätzung von Konrad, dass der Taxifahrer nicht aufgeben will. Die Forderung des Stadtrates nach mehr Polizeipräsenz in der Kernstadt hat er geschickt aufgenommen.

Über die Antifaschistische Zelle und die zerstochenen Autoreifen verliert er kein Wort. Vielleicht ist das Flugblatt schon vor diesen Ereignissen geschrieben und gedruckt worden.

25. NOVEMBER

Georg, der Sohn der Nachbarin, ist wieder aktiv. Seine lauten Rufe locken Konrad ans Fenster. Wie früher schon, dirigiert Georg die Schulbusse in die von ihm gewünschte Halteposition. Ein älterer Busfahrer ist geduldig und befolgt anscheinend alle Anweisungen. Er scheint ihn schon länger zu kennen.

Es kracht, als Konrad und Erika beim Frühstück sitzen. Ein anderer Bus ist mit einem geparkten Fahrzeug kollidiert. Der junge Busfahrer schaut verärgert auf das Malheur. Er schimpft mit Georg. Der brüllt derbe Flüche zurück.

Die Polizei kommt und begutachtet den Unfall. Auch die Mutter von Georg erscheint auf der Bildfläche. Sie schildert dem Busfahrer und den beiden Polizisten den gesundheitlichen Zustand ihres Sohnes.

Etwas widerwillig nehmen die Polizisten den Unfall auf. Protokolle scheinen sie nicht sehr gerne zu schreiben. Der Busfahrer ist ziemlich gestresst. Er muss seinem Chef berichten, dass er nicht genügend aufgepasst hat. Er hätte Georg nicht beachten sollen.

Konrad geht nach unten, um mit der Mutter von Georg zu sprechen. Die ist sehr aufgeregt. Sie hat mit ihrem Sohn ständig Scherereien. Neulich soll er eine ältere Frau gerempelt haben. Anstatt sich zu entschuldigen, hätte er sie mit zotigen Bemerkungen beleidigt.

Hinter der Frontscheibe des Polizeiautos sieht Konrad den zweiten Handzettel der NDP. Er spricht einen Polizisten darauf an. Der gibt nur ausweichende Antworten. Sein Kollege erklärt, dass sie mit der Angelegenheit nur am Rande befasst wären.

Persönlich hätten sie noch nicht erlebt, dass der Taxifahrer einen Täter gestellt hat. Seiner Statur nach würden sie ihm das auch nicht zutrauen. Gegen einen kräftigen Mann wäre er chancenlos.

Dass sich Bürger um die Sicherheit in ihrer Stadt kümmern, finden sie gut. Auch Stadträte hätten ihnen gegenüber geäußert, dass man sich für Recht und Ordnung stärker einsetzen sollte. Andere Leute würden dies nur hinter vorgehaltener Hand sagen.

An der Unfallstelle versammeln sich inzwischen viele Leute. Sie begutachten das beschädigte Fahrzeug, dessen Fahrertüre eingedrückt ist. Die Besitzerin ist verzweifelt, denn das Auto hat sie erst seit zwei Wochen. Der Bus hat nur eine kleine Delle.

Nur langsam löst sich die Menschenansammlung auf. Die Diskussionen über die Unfallursache, den Busfahrer und die Unfallschäden gehen weiter. Zum Verhalten von Georg weist ein Nachbar auf dessen „Unzurechnungsfähigkeit" hin. Solche Leute sollten besser nicht frei herumlaufen. Die Mutter von Georg bekommt das mit.

Es folgt eine heftige Auseinandersetzung, die immer lauter wird. Konrad will den Streit zuerst schlichten, doch er hat damit keinen Erfolg. Deshalb zieht er sich zurück.

Nachmittags findet die Kartelrunde beim Kraftfahrer statt. Als Konrad kommt, sind die anderen schon da. Sie diskutieren das zweite Flugblatt des Taxifahrers. Vor allem der „Direktor" zeigt Verständnis für die Forderungen von Würmlein.

Konrad hört zunächst nur zu. Erst als er direkt angesprochen wird, sagt er seine Meinung. „Ich finde es unerträglich, dass sich dieser Nazi so aufmanteln kann. Die Bevölkerung wird aufgehetzt, dieser Greiftrupp ist gefährlich." Der „Professor" und der „Kutscher" stimmen ihm zu.

Bevor die Diskussion ausufert, beginnen sie mit dem Schafkopfen. Nicht alle sind konzentriert bei der Sache. Es gibt mehrere Fehlwürfe mit kritischen Kommentaren.

Als die Frau des Kraftfahrers vom Einkaufen zurückkommt, erzählt sie, wer das zweite Flugblatt vorgestern in die Briefkästen geworfen hat.

Es war ein Arbeitsloser, dem Würmlein zwanzig Mark für das Austragen von 1.000 Exemplaren versprochen haben soll. Als der sich das Geld gestern Abend in der Wirtschaft des Türken vom Taxifahrer abholen wollte, wäre dieser nicht da gewesen.

Jetzt ist der Arbeitslose sauer und schimpft auf die NDP. Seine Geschichte hat er überall herum erzählt.

27. NOVEMBER

Nach einem hitzigen Treffen der Initiative für Demokratie und Toleranz schreibt Sabine in ihr Tagebuch:

Die Meinungen prallten heute ziemlich stark aufeinander. Es ging darum, wie man den Rechtsradikalen begegnen sollte. Der Journalist ist für klare Kante. Die Nazis muss man nach seiner Ansicht in die Schranken weisen.

Die Kommunalpolitiker in der Gruppe geben zu bedenken, dass man die NPD durch weitere Stellungnahmen nur aufwerten würde. Man sollte sie durch Nichtbeachtung ins Leere laufen lassen.

Andere erzählen, dass manche Leute unsere Initiative als Störung empfinden würden, weil wir etwas öffentlich machen, was sie lieber unter der Decke halten möchten.

Ich stimme eher dem Journalisten zu. Die Nazis dürfen sich nicht bestätigt fühlen. Sie müssen erkennen, dass die Mehrheit der Bevölkerung nicht auf ihrer Seite ist.

Es wäre fatal für Zirndorf, wenn es auch hier zu Ausschreitungen kommt. Das Ansehen der Stadt ist in Gefahr. Zu einer Entscheidung über das weitere Vorgehen der Gruppe, die alle mittragen können, kommt es leider nicht.

Besorgt ist man über anonyme Drohungen an die Sprecher der Initiative. Am Telefon hat es hässliche Beschimpfungen gegeben. Auch Briefe mit aggressiven Inhalten sind eingegangen. Die Drohungen nimmt man ernst, deshalb ist die Polizei informiert.

Einer der Sprecher der Initiative schlägt eine Telefonkette vor, damit bei aktuellen Vorfällen möglichst schnell alle Mitglieder informiert sind und vielleicht auch helfen können. Bis zur nächsten Besprechung soll eine Liste erstellt werden.

29. NOVEMBER

Konrad ist enttäuscht, als ihm Sabine von der Sitzung der Bürgerinitiative erzählt. Sie hatte sich vor dem Mittagessen gemeldet und ist prompt von Erika eingeladen worden. Bis es den Sonntagsbraten gibt, ist noch etwas Zeit.

„Den Rechtsradikalen muss man deutlicher die Stirn bieten", meint Konrad. In Abwandlung eines Sprichwortes sagt er: „Wer Hass sät, wird Sturm ernten." Dabei kann er sich sogar eine Demonstration und eine Kundgebung gegen Ausländerfeindlichkeit vorstellen.

„Meinst Du, dass die Leute bei der jetzigen Kälte auf die Straße gehen?", fragt Sabine.

„Das kannst Du vergessen", wirft Erika ein. „Für viele gilt die Losung: Ruhe in der Stadt ist oberste Bürgerpflicht."

Sie sprechen noch eine Weile über verschiedene Aktionsformen, doch langsam verläuft das Thema im Sande. Alle haben Hunger. Erika serviert den Schweinebraten mit Knödel und Selleriesalat. Beide müssen zwar auf ihr Cholesterin achten, doch einmal ist Monat ist das schon erlaubt, erklärt sie.

Sabine langt kräftig zu. Bei ihr gibt es meist leichtere Kost. Konrad meint scherzhaft, ihr Körper könne schon noch etwas Polsterung vertragen. Das weist sie streng zurück. Schließlich geht sie regelmäßig ins Fitness-Studio und zum Joggen, damit sie schlank bleibt.

Es wird ein gemütlicher Nachmittag, während draußen ein eisiger Wind ums Haus weht. Den gemeinsamen Spaziergang wollen alle drei nicht mehr unternehmen. Lieber schauen sie sich im Fernsehen einen alten Film mit Heinz Rühmann an.

Erika serviert zum Kaffee noch heiße Waffeln mit Kompott. Sie hat verschiedene Sorten im Vorrat. Sabine fühlt sich richtig gut bemuttert. Sie sagt als Gegenleistung ihre Hilfe beim Abspülen zu.

30. NOVEMBER

Mittags sind auf der Straße laute Kinderstimmen zu hören. Georg verängstigt die Schulkinder mit seinen Redensarten. Sie warten auf den Bus, der heute etwas Verspätung hat. Mehrere Lehrer kommen dazu und drängen Georg ab. Sie kennen seine Eigenheiten und können damit umgehen. In der Vergangenheit mussten sie schon mehrfach einschreiten.

Die Lehrer bleiben, bis alle Schüler in die Busse eingestiegen sind. Inzwischen haben sich weitere Passanten dazugesellt. Einige sprechen vom „Wegsperren", finden aber kein Gehör.

Konrad schaut sich die Szenerie eine zeitlang vom Fenster aus an. Als es vor dem Haus wieder ruhig ist, tritt er auf die Straße. Trotz des kalten Windes will er einen kleinen Spaziergang machen.

Er schlägt den Mantelkragen hoch. Am Hammerstädtchen entlang führt ihn der Weg zum ASV-Sportplatz und von dort nach Leichendorf. In der Natur kann er sich entspannen. Alles ist friedlich, bis auf einige Autofahrer. Denen geht es nicht schnell genug.

Auf dem Heimweg kommt ihm eine Frau mit mehreren angeleinten Hunden entgegen. Ihr ist er schon öfter begegnet, wenn er hier unterwegs war. Sie scheint die Hunde anderer Leute auszuführen.

Zu Hause ruht sich Konrad auf dem Sofa aus. Erika strickt warme Wollsocken für den Kirchenbasar. Die gingen in den letzten Jahren weg wie warme Semmeln. Das Klappern ihrer Stricknadeln scheint Konrad nicht zu stören. Er ist inzwischen eingeschlafen.

Beim Kaffeetrinken unterhalten sie sich darüber, ob sie zu seinem Geburtstag in der nächsten Woche einige Bekannte einladen wollen – oder ob sie einfach abwarten, wer sowieso kommt.

„Tagsüber haben ja nur Hausfrauen und Rentner Zeit", meint Erika. „Da brauche ich nur einen Kuchen zu backen."

„Und wenn der Vereinsvorstand kommt, müssen wir ein paar belegte Brötchen machen", ergänzt Konrad. Sicherheitshalber prüft er gleich seinen Schnapsvorrat.

„Aber das ist doch kein runder Geburtstag, da kommt doch kein Vorstand", erwidert Erika.

„Warts ab", antwortet Konrad.

Sie ist erstaunt über seine Reaktion. Ob er doch seine Freunde eingeladen hat?

2. DEZEMBER

Manfred bringt eine Kopie des 3. Flugblattes von Uwe Würmlein bei Konrad und Erika vorbei. Das Pamphlet lag bisher nicht in ihrem Briefkasten. Vielleicht wurde es nicht mehr in größerem Rahmen verteilt.

Konrad liest langsam und konzentriert. Jetzt behauptet der Verfasser: „Deutschland wird immer mehr zum Verbrecherparadies. Unsere Region ist davon nicht ausgenommen."

Außerdem will er bestätigen, dass besonderes Augenmerk auf die Bewohner der ZAF (Zentrale Aufnahmestelle für Flüchtlinge) gelegt wird. Damit soll die Kleinkriminalität eingedämmt werden.

Den Arbeitslosen in Zirndorf und Oberasbach wird mit den nächtlichen Streifenfahrten eine „sinnvolle Freizeitgestaltung" angeboten.

„Bitte helfen Sie uns bei der Verbrechensbekämpfung! Zeigen Sie dem Ganoventum die Rote Karte!" Engagierte Bürger wären bereits aktiv. Eine Bewaffnung erfolge im Rahmen der gesetzlichen Bestimmungen.

Als Bürgerwehr wollen die Aktivisten um Uwe Würmlein einen eingetragenen Verein gründen, der die Gemeinnützigkeit anstrebt. Die Nationale Demokratische Partei (NDP) wird als Organisator nicht mehr genannt. Auch ein Konto für Spenden ist nicht angegeben.

Als Konrad mit dem Lesen des Textes fertig ist, schnauft er lautstark durch. „Sie lassen also nicht locker", kommentiert er. „Neben aktiven Unterstützern suchen sie jetzt auch passive Mitglieder, die im Hintergrund bleiben können."

Daß der Taxibesitzer sein Auto so ohne weiteres für die Streifenfahrten zur Verfügung stellt, wundert ihn. Vielleicht steckt er mit Würmlein doch unter eine Decke.

Manfred ist erleichtert, dass Konrad sich nicht so stark aufregt, wie in der letzten Zeit. Er berichtet, dass der Einladung von Würmlein zu einer Kontrollfahrt bisher nur wenige Personen gefolgt seien. Offensichtlich ist das Interesse an der Verbrecherjagd doch nicht so groß.

Jetzt fällt Konrad wieder ein, dass er in der türkischen Gaststätte einen jungen Mann getroffen hat, der mit Würmlein auf Streife gehen wollte. Ihn hatte er gebeten, anschließend darüber zu berichten. Doch der Mann hat sich bisher nicht bei ihm gemeldet, obwohl er ihm seine Telefonnummer gegeben hatte.

Von Manfred will er wissen, wie weit die Polizei inzwischen mit ihren Ermittlungen gekommen ist. Der berichtet, dass es für die Einbrüche bisher keine eindeutigen Beweise gebe. Vielleicht seien die Täter aber auch schon nicht mehr in Zirndorf. Zum Thema will man derzeit keine öffentlichen Erklärungen mehr herausgeben.

Manfred ergänzt, dass auch Würmlein in letzter Zeit keine Straftäter gemeldet habe. Einige Kollegen seien darüber sehr verwundert. Es gäbe nicht wenige auf der Station, die heimliche Sympathien für den „Hilfspolizisten" hätten.

5. DEZEMBER

Stefan, ein Mitglied der Initiative für Demokratie und Toleranz, will am Abend den Taxifahrer treffen. Er hatte unter falschem Namen mit Uwe Würmlein einen Termin vereinbart.

In der Gruppe haben sie darüber gesprochen, dass es günstig wäre, den Nazi persönlich kennen zu lernen. Vielleicht könnte man von ihm noch mehr über seine Beweggründe erfahren.

Dass man Würmlein von seinem Vorhaben abbringen kann, ist unwahrscheinlich. Doch vielleicht kann man ihn verunsichern. Auf welche Weise das möglich sein soll, ist Stefan unklar.

Am angesagten Taxistand in Oberasbach taucht Würmlein nicht auf. Die anderen Fahrer haben ihn heute noch nicht gesehen. Auch im Taxifunk haben sie ihn bisher nicht gehört.

Über diese Unzuverlässigkeit ist Stefan verärgert. Er wählt deshalb die Telefonnummer des Taxibesitzers. Herr Schneider ist erbost, dass sein Fahrer wieder einmal nicht präsent ist. Er will einen anderen Wagen schicken. Stefan verzichtet darauf.

Sein Weg führt ihn zur türkischen Gaststätte an der Rothenburger Straße. Dort ist man nicht erfreut, dass ständig Leute wegen Würmlein vorbeikommen. Die meisten würden nicht viel konsumieren, allenfalls etwas trinken. Stefan erfährt, dass Würmlein heute noch nicht vorbeigekommen ist. Seine Post wäre noch da.

Ein Gast, der das Gespräch mit dem Wirt mitgehört hat, mischt sich ein. Er beklagt sich darüber, dass Würmlein unzuverlässig wäre. Zuletzt hätte er auf seinen Brief auch keine Antwort erhalten.

Weil Stefan langsam Hunger bekommt, bestellt er Börek mit Hackfleisch und Salat. Das hat er schon mal woanders gegessen und es hat ihm gut geschmeckt. Während er auf das Essen wartet, unterhält er sich mit dem verärgerten Gast.

„Da machen sie viel Wind mit den Flugblättern, und dann sind sie nicht mal pünktlich." Der Mann geht davon aus, dass es sich beim Greiftrupp um mehrere Personen handelt.

Schon vor der Flugblattaktion hatte er Kontakt mit Würmlein. Während einer Taxifahrt nach Fürth waren sie ins Gespräch gekommen. Damals hatte er keine Möglichkeit, eine Kontrollfahrt mitzumachen. Er arbeitete in der Spätschicht. Jetzt jedoch ginge es.

Würmlein hätte mit seinen Erfolgen bei der Feststellung der Täter und mit der Übergabe an die Polizei geprahlt. „Das hat mir imponiert, denn auch ich halte nichts von den Flüchtlingen."

Seit der Überfüllung des Ausländerlagers würden sich zu viele von ihnen in Zirndorf und Oberasbach herumtreiben. Sicherheit und Ordnung wären dadurch gefährdet.

Stefan erklärt ihm, dass die Asylbewerber nicht arbeiten dürfen. „Den Landkreis zu verlassen ist nur mit spezieller Genehmigung erlaubt. Im Lager fällt den Leuten die Decke auf den Kopf. Da ist es doch verständlich, wenn sie sich die Umgegend ansehen."

Das leuchtet dem Gast nicht ein. Er ist für eine strengere Reglementierung. Dann kämen sie auch nicht auf dumme Gedanken. Was er genau darunter versteht, will er nicht sagen. Auf Würmlein möchte er noch eine Weile warten.

Um seinen Ärger hinunter zu spülen, trinkt Stefan noch einen Schnaps. Dann bezahlt er und geht nach Hause.

7. DEZEMBER

Als Erika vom Einkaufen zurückkommt, ist sie sehr aufgebracht. Sie erzählt, dass mehrere Frauen berichtet haben, sie wären von den Ausländern auf die Straße gedrängt worden. Weil diese immer in Gruppen unterwegs seien, würden die deutschen Frauen keinen Platz mehr auf dem Gehsteig haben. Vor allem die Älteren wären davon betroffen.

Konrad wundert sich und antwortet zunächst etwas süffisant: „Dann sollen die Frauen doch einfach stehen bleiben. Die Ausländer werden sie schon nicht umrennen und um sie herum gehen."

Das bringt Erika noch mehr auf die Palme: „Ja sind wir jetzt noch in Deutschland – oder schon in Afrika? Haben die Ausländer nun mehr Rechte als wir Deutschen?" Sie kann sich gar nicht mehr beruhigen. Konrad hält sich zurück, er will jetzt nicht noch mehr Öl ins Feuer gießen.

Nach einer Weile reden sie über unterschiedliche Mentalitäten. Die Kultur in den Herkunftsländern der Flüchtlinge wäre nicht vergleichbar der unseren. Manche Verhaltensweisen würden sich nur langsam ändern.

Konrad erläutert: „Wenn deutsche Touristengruppen im Ausland unterwegs sind, kommt es auch vor, dass sie Einheimischen im Wege sind und nicht zurückweichen. Sie gehen im Pulk hinter den Stadtführern her und blockieren die Gehsteige. Das hast Du doch schon selbst erlebt." Erika muss zustimmen.

„Berta hat erzählt, dass die Ausländer im Supermarkt klauen wie die Raben", legt sie nach. Konrad fragt: „Hat sie das selbst gesehen?" Trotzig meint Erika: „Das nicht, aber es wurde von anderen bestätigt."

„Und die wissen es wahrscheinlich auch wieder von anderen. Ich gebe nichts darauf", meint Konrad. „Selbst wenn die ganze Stadt davon redet, muss es nicht stimmen. Es gibt ständig irgendwelche Gerüchte. Die Zirndorfer sind Meister darin."

8. DEZEMBER

Konrads Geburtstag soll heute gefeiert werden. Erika schenkt ihm eine Flasche Williams Christbirne, seinen Lieblingsschnaps. Nach dem Frühstück backt sie einen Kuchen für die Besucher, die nachmittags kommen könnten.

Die ersten Gäste erscheinen schon zum Frühschoppen. Konrad hatte es geahnt, dass der Vereinsvorstand mit dem Kassierer aufkreuzen wird. Sie sind als „Nassauer" bekannt und gehen überall hin, wo es etwas umsonst gibt. Erika macht belegte Brötchen, Konrad serviert ein Weizenbier.

Bald kommt das Gespräch auf die Bürgerwehr und die Ausländerfeindlichkeit. Der Vorstand erinnert an die Vorfälle in Hoyerswerda. Dort haben Rechtsradikale mehrere Tage das Ausländerheim belagert. Sie randalierten, ohne dass die Polizei eingriff. Als das Haus angezündet wurde, waren die Beamten abgezogen. Die Ausländer schaffte man unter dem Gejohle der Menge mit Bussen weg.

So etwas könne bei uns nicht passieren, meinte der Kassierer. Aber eine aufgeheizte Stimmung wäre schon möglich, wenn die Angst vor Überfremdung zunimmt. Die Frauen würden sich abends nicht mehr aus dem Haus trauen. Sie hätten Angst, auf die dunkelhäutigen Afrikaner zu treffen.

Konrad hält sich zunächst zurück. Doch im Verlauf des Gesprächs wird er deutlich. Die Vorurteile der Ausländerhasser dürfe man nicht noch verstärken. Wer von Schmarotzern rede, wisse nichts von den Verhältnissen in den

Herkunftsländern.

Dann weist er auf weitere tödliche Angriffe auf Ausländer hin. Hoyerswerda wäre der Beginn einer Serie gewesen. Später ereigneten sich weitere Ausschreitungen in Rostock-Lichtenhagen, dann in Mölln und Solingen. In Hessen sei im Flüchtlingsheim ein Ehepaar mit seinem Baby verbrannt.

Diese Anschläge galten nicht nur Flüchtlingen, sondern auch anderen Ausländern, die schon längere Zeit in Deutschland lebten. Der Hass gegen Ausländer sei weiter verbreitet als bisher geahnt.

Inzwischen ist der Teller mit den belegten Brötchen leer geworden. Die Gäste trinken ihr Bier aus und verabschieden sich. Bevor sie gehen, fällt dem Vorstand ein, dass er ein Geschenk mitgebracht hat. Er überreicht Konrad einen Motivteller für die Wand im Gartenhaus.

Nachmittags ist die Runde geselliger. Die Bekannten kommen mit ihren Ehefrauen. Erika serviert Kaffee und Kuchen. Der Apfelkuchen wird hoch gelobt. Dann geht es vor allem um Krankheiten und das Wetter. Alle müssen von ihren kleinen und größeren Wehwehchen erzählen.

Erfolgreiche und nutzlose Therapien werden ausgetauscht. Einer berichtet von den Erfolgen im Fitness-Center, der andere hält davon überhaupt nichts. Er geht lieber an die frische Luft und trifft unterwegs im Wald manchmal den Bürgermeister.

Die Frauen erzählen, welche früheren Schulfreundinnen beim letzten Klassentreffen gefehlt haben. Wenn es von den Betreffenden mit Vergesslichkeit begründet wurde, vermuteten sie gleich Demenz.

Abends erscheinen Manfred und Sabine. Als sie Konrad gratuliert haben, geht es gleich wieder um die Ausländer. Manfred meint, dass die Stimmung in Zirndorf langsam umzukippen droht. Es gibt nicht nur Gerüchte, sondern auch konkrete Anhaltspunkte für Straftaten durch Ausländer. Bei der Polizei liegen mehrere Strafanzeigen vor.

„In der Bevölkerung wächst der Unmut", bekräftigt Erika. „Die Gespräche unter den Leuten werden von Tag zu Tag schärfer. Auch von einer Bürgerwehr wird geredet."

Sabine macht die Staatsregierung für diese Entwicklung verantwortlich. Sie würde nicht für eine Entlastung der Zirndorfer Aufnahmestelle sorgen. „Kein Wunder, dass dadurch unerträgliche Situationen entstehen."

Etwas Entspannung soll es am kommenden Samstag geben. Da ist ein Fußballspiel zwischen dem Team der Diakonie und den Ausländern vorgesehen.

„Zum Taxifahrer gibt es nichts Neues", erzählt Sabine. „Ein Mitglied unserer Gruppe wollte sich unter falschem Namen mit ihm treffen. Aber Würmlein hat ihn versetzt.

Auch der Taxiunternehmer konnte oder wollte ihn nicht erreichen. Vielleicht ist er momentan auf Tauchstation. In der türkischen Gaststätte wartete ein anderer Gast auf ihn und war verärgert, dass er nicht kommt."

10. DEZEMBER

Bericht der Fürther Rundschau über den Ausschluss des Mitgliedes Uwe Würmlein vom Feuerwehrverein Zirndorf:

Die Zirndorfer Wehr hat das NDP-Mitglied Uwe Würmlein ausgeschlossen. Wegen seiner Jagd auf ausländische Straftäter war er als Mitglied des Feuerwehrvereins nicht mehr tragbar.

Der Beschluss im Vorstand der Feuerwehr fiel einstimmig. Zur Begründung wird angegeben, dass Würmleins Ansichten über ausländische Mitbürger mit der freiheitlich-demokratischen Grundordnung und einem friedlichen Zusammenleben nicht vereinbar seien.

Würmlein hatte in mehreren Flugblättern der rechtsradikalen NDP damit geprahlt, dass er mit einem motorisierten Greiftrupp viele Straftäter gestellt und der Polizei übergeben hätte. Die Mehrzahl sollen Ausländer gewesen sein.

Würmlein will gegen diesen Beschluss vorgehen, spätestens bei der Generalversammlung rechnet er mit vielen Unterstützern für seine Einstellung. Der Vorstand des Feuerwehrvereins sieht in seinen Reihen keine Sympathisanten.

Die NDP zeigt sich über den „politischen Missbrauch" der Feuerwehr entsetzt. Der Vorsitzende des Bezirksverbandes will seinem Mitglied den Rücken stärken.

11. DEZEMBER

Sabine hat die Zeitungsmeldung vom Ausschluss durch die Feuerwehr erst heute gelesen. Sie hat die Fürther Rundschau nicht selbst abonniert. Ihr Nachbar legt ihr das Blatt meist abends vor die Türe. Jetzt hat es einen Tag länger gedauert. Sie schreibt in ihr Tagebuch:

Endlich einmal eine gute Nachricht. Der Vorstand der Feuerwehr hat Courage. So muss man den Rechtsradikalen die rote Karte zeigen. Sein Einspruch wird sicher nicht durchkommen.

Dass die NDP ihren Mann unterstützt, ist verständlich. Das wird aber nicht viel nützen. Ein besonders aktives Mitglied scheint er sowieso nicht gewesen zu sein.

Jetzt wäre interessant, ob er noch bei weiteren Vereinen ist. Wenn ja, sollten ihn auch diese ausschließen. Das könnte ein weiteres Zeichen dafür sein, dass Zirndorf nicht braun, sondern bunt ist.

Ich bin immer noch optimistisch, dass Extremisten in unserer Stadt keine Chance haben.

12. DEZEMBER

Es ist wesentlich kälter geworden. Der Wetterbericht kündigt Schneefälle an. Morgens liegt Reif auf den Dächern. Die Bürgersteige und die Straßen sind glatt. Die Autofahrer und die Fußgänger bewegen sich vorsichtiger als sonst.

Konrad will erst nach dem Mittagessen aus dem Haus gehen. Vormittags ruft ein Freund an, der die Zeitung Süddeutsche Nachrichten liest. Dort ist heute ein Artikel über den Zirndorfer Taxifahrer veröffentlicht. Er liest ihm am Telefon einige Ausschnitte vor:

Der rechte Greifer von Zirndorf ist ein Taxifahrer. Der selbsternannte Hilfssheriff will in den letzten Jahren mindestens 50 Straftäter bei der Polizei angezeigt und einige auch übergeben haben. Sie alle hätten Straftaten und Ordnungswidrigkeiten begangen.

Ein Fürther Polizeisprecher bestätigt widerwillig die Angaben des Oberasbacher Taxifahrers Würmlein. Ein Drittel der Hinweise hätte zu offiziellen Ermittlungen geführt. Die Tatverdächtigen sollen Einbrüche verübt oder die Straßenverkehrsordnung übertreten haben. Kleinlaut gibt der Sprecher zu, dass es sich häufig um die Überquerungen der Straße bei Rot handelte.

Unter den vom Taxifahrer angezeigten Personen befinden sich relativ viele Ausländer, was auf die Zentrale Aufnahmeeinrichtung für Asylbewerber zurückzuführen wäre. Der rechte

Greifer hätte vor allem Jagd auf diese Personengruppe gemacht.

Ein Polizist der Polizeistation Zirndorf äußerte die Meinung:
„Wenn der Taxifahrer nicht bei der NDP wäre, müsste man ihm
eine Auszeichnung verleihen."

Konrad fühlt sich in seiner Ansicht bestätigt, dass es bei der
Polizei mehr Beamte gibt, die zu rechtsextremen Ansichten
neigen. Es finden sich dafür immer wieder neue Beispiele.

Ansonsten sind die meisten Informationen schon bekannt
gewesen. Nur der Hinweis auf die Übertretungen der Straßenverkehrsordnung ist neu. Konrad wundert sich, dass
sich die Polizei mit solch banalen Dingen befassen muss.

14. DEZEMBER

Weil das Thermometer unter Null gefallen ist, macht Konrad seinen Spaziergang im Schutz der Häuser. Da spürt er den kalten Wind nicht so stark. Als er die Wohnhäuser entlang geht, kann er riechen, was es zum Mittagessen gibt: Sauerkraut, Pfannkuchen, Bratwürste.

Aus einem Hauseingang strömt ihm der Geruch von Bohnerwachs entgegen. Das erinnert ihn an frühere Zeiten, als seine Mutter regelmäßig die Holztreppe wachsen musste.

Im Rathaus will er sich bei der Polizeiwache erkundigen, ob die Beamten von Würmlein informiert wurden. Am Schalter erfährt er, dass der Taxifahrer nur zu den Kollegen an der Rothenburger Straße kam.

Im ersten Stock hört er, dass sich ein Mann furchtbar aufregt. Es ist der Reporter einer Boulevard-Zeitung, der beim Bürgermeister keinen Termin bekommen hat. Das Wochenblatt „Im Blick" ist für große Überschriften und anzügliche Bilder bekannt.

Die Vorzimmerdamen wimmeln den Reporter ab, als er sie nervt. Sie verweisen auf einen vollen Terminkalender ihres Chefs. Auch in den nächsten Tagen wäre nichts zu machen, denn da ist eine Verbandstagung.

Als der Reporter schimpfend abzieht, hört Konrad noch den Kommentar einer Mitarbeiterin: „Diese Käseblätter drehen einem doch nur das Wort im Munde herum. Und sie lügen wie gedruckt."

Konrad befürchtet, dass der Bürgermeister in dem Artikel nicht gut wegkommen wird. Entweder der Reporter findet Leute, die ihm die passende Meinung liefern, oder er erfindet einfach etwas. Wahrscheinlich ist er schon mit einer bestimmten Einstellung nach Zirndorf gekommen.

Ob er sich das Käseblatt nächste Woche kaufen soll? Erika würde ihn dafür rügen. Schließlich hat er für die Klatschpresse noch nie etwas übrig gehabt.

16. DEZEMBER

Die Fürther Rundschau veröffentlicht eine Glosse zum Thema Rechtsradikale in Bayern. Konrad liest interessiert:

Auch wenn wir nicht täglich daran erinnert werden: wir leben in Bayern. Da treibt ein inzwischen ringsum bekannter Rechtsradikaler sein Unwesen und rühmt sich, mit einem bisher unbekannten Rollkommando ausländische Straftäter aufzuspüren und der Polizei zu übergeben.

Zunächst streiten die Polizeioberen eine Zusammenarbeit ab und weisen darauf hin, dass die angegebenen Zahlen völlig übertrieben wären. Dann sagt der bayerische Innenminister, dass „Lügen nicht strafbar" sei. Das ist uns neu. Wir müssen es uns merken.

Die Damen und Herren des Ministeriums dürfen in den Flugblättern weiter als „Nullen aus München" beschimpft werden. Der Minister meint, dass das rechtlich zu prüfen wäre. Passiert ist bisher jedoch nichts. Derweil sind die Braunen weiter aktiv unterwegs.

Im Innenministerium beschäftigt man sich lieber mit den Gefahren von links. Diese Gruppen sollen, wie man hört, nicht so gut mit der Polizei zusammenarbeiten. Vielleicht müssten sie auch einmal Personen anzeigen, die bei Rot über die Straße gehen. Aber wahrscheinlich wäre das bei den Linken die falsche Farbe.

18. DEZEMBER

Die Initiative für Demokratie und Toleranz will endlich
Kontakt zu Uwe Würmlein aufnehmen. Nachdem Stefan
vor einigen Tagen nicht erfolgreich war, haben sie dem Taxifahrer einen weiteren Brief geschrieben, aber bisher keine
Antwort erhalten.

Karlheinz, der Sprecher, und Sabine machen sich abends
auf den Weg nach Oberasbach. Sie beobachten den Taxistand
zunächst aus einiger Entfernung. Die Statur von Würmlein
ist ihnen aus mehreren Beschreibungen bekannt. Auf dem
Taxi soll neben dem rückwärtigen Typenschild ein Oberasbacher Aufkleber sein.

Als Würmlein nicht auftaucht, sprechen sie die anderen
Taxifahrer an. Diese wollen ihn heute noch nicht gesehen
haben. „Der fährt nicht regelmäßig", meint ein Fahrer. „Das
ist uns ganz recht." Den Grund dafür sagt er nicht.

Auf dem Rückweg bleiben sie eine Weile in der Nähe der
Zentralen Aufnahmestelle für Flüchtlinge stehen. Auch hier
ist von Würmlein nichts zu sehen.

Während sie warten, sprechen sie darüber, was sie Würmlein sagen wollen, wenn sie ihn treffen. Wollen sie ihn kon-
frontieren mit ihren Ansichten? Oder wollen sie als Sympathisanten auftreten?

Es ist ihnen nicht ganz klar. Eigentlich wollen sie nur erfahren, was für ein Mensch er ist. Und weshalb er so auslän-
derfeindlich ist. Gibt es konkrete Gründe dafür oder eigene

Erlebnisse?

Sie wollen es einfach darauf ankommen lassen und sehen, was sich aus der Situation machen lässt. Vielleicht ist alles ganz anders als gedacht.

Inzwischen setzt starker Schneefall ein. Seit Tagen war er angekündigt. Dicke Schneeflocken fallen auf eisige Straßen und Wege. Der kalte Wind bläst Karlheinz und Sabine ins Gesicht.

Sie brechen ihren Einsatz ab und gehen zum Parkplatz an der Paul-Metz-Halle. Karlheinz hat dort sein Auto abgestellt. Bevor sie einsteigen, müssen sie erst die Scheiben frei machen. Es schneit weiterhin unaufhörlich.

Karlheinz setzt Sabine vor ihrer Wohnung ab. Morgen wollen sie ihr Glück noch einmal versuchen.

19. DEZEMBER

Georgs Mutter ist verzweifelt. Nachts konnte sie nicht einschlafen, weil ihr Sohn Georg nicht nach Hause gekommen war. Sie befürchtete wieder Schlimmes.

Als nach Mitternacht die Wohnungstüre ging, schlich Georg sofort in sein Zimmer und sperrte ab. Auf ihr Rufen antwortete er nicht. Im Flur hatte er seine völlig durchnässte Jacke ausgezogen. Er muss lange Zeit draußen im Schnee gewesen sein.

Mittags, als kein Lebenszeichen von ihm zu hören ist, holt sie den Nachbarn. Der bricht das Schloss auf. Georg liegt in seinen feuchten Kleidern auf dem Bett und rührt sich zunächst nicht. Dann stammelt er wirres Zeug und schlägt um sich. Seine Mutter ruft den Bereitschaftsarzt an (es ist Wochenende).

Erika bemerkt die Ankunft des Arztes. Sie ahnt nichts Gutes und geht ins Nachbarhaus, um Georgs Mutter beizustehen. Diese erzählt ihr die Geschichte der letzten Nacht.

Der Bereitschaftsarzt ist ein Allgemeinmediziner. Er kann in der Situation mit Georg nicht viel helfen. Deshalb versucht er, einen Kollegen zu erreichen, der das besser beurteilen kann. Dieser will nicht kommen, sondern empfiehlt die Einweisung ins Krankenhaus.

Bei den Sanitätern ist Georg schon länger bekannt. Mit gutem Zureden versuchen sie, ihn zum Mitkommen zu bewegen. Er sträubt sich. Mit den Weißkitteln will er nichts zu tun haben. Als sie Zwang anwenden wollen, wird er rabiat. Sie fordern Verstärkung an.

Mit Mühe können sie Georg in die Zwangsjacke stecken. Eine Tablette, die ihn beruhigen soll, spuckt er aus. Für eine Spritze halten ihn vier starke Männer fest.

Die Mutter kann dabei nicht zusehen. Sie sucht die erforderlichen Papiere für die Klinik zusammen. Im Sanitätsauto kann sie nach Fürth mitfahren.

Nach einer ersten Untersuchung entscheiden die Ärzte der Klinik, dass sie ihn nicht behalten können und er in die Psychiatrie eingeliefert werden muss. Die Mutter hat das befürchtet und sich schon damit abgefunden, dass ihr Sohn in die geschlossene Abteilung kommt.

Für den Transport nach Erlangen muss Georg wieder in die Zwangsjacke gesteckt werden. Das Prozedere dauert einige Zeit. Seine Mutter bleibt nicht dabei. Sie kann es nicht mit ansehen, wenn er um sich schlägt und das Personal Gewalt anwenden muss.

In Erlangen gehen sie gleich etwas grober mit ihm um. Da erlahmt sein Widerstand. Vielleicht wirkt auch die zweite Spritze. Seine Mutter versucht noch ein Gespräch, doch er antwortet nicht.

Als sie vor der Klinik steht, ist ihr nicht klar, wie sie nach Hause kommt. Von einer Telefonzelle aus ruft sie bei Erika und Konrad an. Nachdem beide nicht mehr Auto fahren, organisieren sie einen Bekannten, der Georgs Mutter in Erlangen abholt und nach Hause bringt.

Die Fahrt dauert länger als geplant, weil alle Autos nach dem starken Schneefall sehr vorsichtig fahren. Erika lädt die Nachbarin zu einem Teller Suppe ein. Sie nimmt an, dass diese heute noch nichts gegessen hat und liegt damit richtig.

Während sie ihre Suppe löffelt, erzählt die Nachbarin immer wieder die gleiche Geschichte. Sie rätselt, wo sich ihr Sohn die letzte Nacht herumtrieb. Und was ihn so aufgebracht hat.

„So verstockt war er schon lange nicht mehr. Sonst hat er wenigstens durch Beschimpfungen zu erkennen gegeben, wo er war. Schon seit Tagen hat er sich komisch benommen, als wenn er ein Geheimnis hätte."

Sie kann sich das alles nicht erklären. Damit sie zur Ruhe kommt, bietet ihr Erika das Sofa an. Tatsächlich schläft sie bald ein, trotz der Aufregung. Erst am späten Nachmittag wacht sie wieder auf.

Erika und die Nachbarin trinken gemeinsam Kaffee und essen einen aufgetauten Apfelkuchen dazu. Sie besprechen, was in den nächsten Tagen zu tun ist.

Konrad mischt sich lieber nicht ein. Er findet manchmal nicht die richtigen Worte in so schwierigen Situationen.

20. DEZEMBER

Weil es auch gestern noch stark schneite, hatten Karlheinz und Sabine ihre Suche nach Uwe Würmlein auf heute verschoben. Das Auto parken sie diesmal in der Rothenburger Straße.

Sie beginnen wieder am Taxistand in Oberasbach. Dort wird ihnen gesagt, dass Würmlein seit zwei Tagen nicht mehr aufgetaucht ist.

Eine telefonische Nachfrage beim Besitzer des Taxis ergibt ein ähnliches Ergebnis. Schneider hat das allerdings erst bemerkt, als er heute von einer mehrtägigen Reise zurückgekehrt ist.

„Machen Sie sich keine Sorgen?", fragt Karlheinz. „Was geht Sie das an?", antwortet der Taxibesitzer. Er will sich gleich aufmachen und das Fahrzeug suchen. Karlheinz und Sabine wollen mitkommen.

Sie erklären Herrn Schneider ihre Beweggründe als er sie beim vereinbarten Treffpunkt abholt. „Würmlein hat das Funkgerät nicht erst heute abgeschaltet", sagt er ihnen während der Fahrt. Das machte er manchmal auch während seiner Kontrollfahrten.

Gemeinsam fahren sie die bekannten Routen des verschwundenen Würmlein ab. Das verschneite Taxi entdecken sie bald in einer Seitenstraße. Zur Zentralen Aufnahmestelle für Asylbewerber ist es von hier nicht weit.

Karlheinz und Sabine kehren die Scheiben frei. Schneider sperrt das Auto mit einem Zweitschlüssel auf. Auf der Rückbank entdecken sie den Schäferhund des Würmlein. Er scheint zu schlafen. Doch auch als sie Geräusche machen, rührt er sich nicht.

Von Würmlein keine Spur. Die Geldbörse mit wenigen Einnahmen liegt im Handschuhfach. Irgendwelche Kampfspuren sind nicht zu erkennen. Aus dem Kofferraum ist wahrscheinlich nichts entwendet.

Die Situation ist dem Taxibesitzer und seinen beiden Begleitern nicht ganz geheuer. Karlheinz geht zur Polizeiwache und informiert den Beamten am Schalter über den Fund und den vermissten Nazi. Zwei Polizisten gehen mit zum Taxi.

Weil es einen Verdacht auf eine Straftat gibt, verständigen die Polizisten die Spurensicherung. Ein Tierarzt stellt fest, dass der Hund stark unterkühlt ist und nur wenig Lebenszeichen zu erkennen sind. Er läßt ihn wegbringen.

Das Taxi muss Schneider stehen lassen, bis die Spezialisten der Polizei ihre Untersuchungen abgeschlossen haben. Inzwischen sind mehrere Passanten vorbeigekommen. Sie rätseln zusammen mit dem Taxibesitzer, was mit Würmlein passiert sein könnte. Karlheinz und Sabine wollen sich daran nicht beteiligen.

Wegen der grimmigen Kälte wird das Taxi in eine Werkstatt der Polizei abtransportiert. Schneider, Karlheinz und Sabine kommen zur Befragung mit in die Polizeiwache an der Rothenburger Straße.

Dort merken sie, wie durchgefroren sie sind. Bisher war ihnen das bei der ganzen Aufregung gar nicht bewusst. Eine Beamtin serviert ihnen heißen Tee. Zunächst wärmen sie die

Hände an den Tassen.

Schneider erzählt den Beamten, seit wann und in welchem Umfang er Würmlein beschäftigt hat. Dessen rechtsradikale Einstellung sei ihm anfangs nicht bekannt gewesen. Erst als sein Mitarbeiter die Flugblätter verteilte, habe er davon erfahren.

Fahrgäste hätten sich bei ihm über das Verhalten von Würmlein nicht beschwert. Er scheint mit ihnen nicht viel gesprochen zu haben. Die Zeit für die Kontrollfahrten zur Feststellung von Straftätern habe er ihm von seinem Lohn abgezogen. Schließlich gab es dafür keine Einnahmen.

Dass Würmlein wahrscheinlich seit zwei Tagen nicht mehr Taxi gefahren ist, hat er nicht bemerkt, denn er war verreist. Erst heute Vormittag hat er sein Auto vermisst. Er konnte allerdings nicht gleich auf die Suche gehen, weil er anderes zu erledigen hatte.

Karlheinz und Sabine müssen erklären, weshalb sie Würmlein suchten. Sie erzählen von ihrer Initiative für Demokratie und Toleranz und dem Engagement gegen den Ausländerhass. Deshalb wollten sie Würmlein und seine Beweggründe näher kennen lernen. Vielleicht war das aber auch eine fixe Idee.

Von anderen Recherchen erzählen sie zunächst nichts. Sie wollen sich nicht verdächtig machen. Dass die Postadresse des Würmlein eine türkische Gaststätte ist, erwähnen sie aber schon.

Anschließend gehen Karlheinz und Sabine zum Auto. Karlheinz fährt nach Hause. Sabine will jetzt nicht alleine sein. Sie braucht jemandem zum Reden. Deshalb besucht sie Erika und Konrad und erzählt von den Erlebnissen in Oberasbach.

Erika versteht nicht, dass man sich bei der Bürgerinitiative um den rechtsradikalen Taxifahrer sorgt. Sie hält das für eine Schnapsidee. Bei dem Wetter hätte sich Sabine eine Erkältung holen können.

Konrad findet diese Aktionen sehr spannend. Wäre er noch jünger, würde bei solchen Sachen gerne mitmachen. Zum Verschwinden von Würmlein stellt er allerlei Vermutungen an.

„Vielleicht hat er einen Unterschlupf in der Gegend. Man müsste in allen Gartenhäusern nachsehen. Doch dazu passt nicht, dass er den Hund zurückgelassen hat."

„Du mit deinen Ideen!", rügt ihn Erika. „Genauso gut könnte er doch in der Bibert geschwommen und ertrunken sein."

Sabine muss lachen, als sie die beiden so reden hört. „Ich glaube, ihr schaut zu viel Krimis im Fernsehen."

21. DEZEMBER

Die Polizei beginnt mit weiteren Ermittlungen. Inzwischen weiß sie, wann das Taxi in der Seitenstraße abgestellt wurde. Nachbarn haben gesehen, wie Würmlein das Auto geparkt und ohne Hund verlassen hat. Er ging in Richtung Bibert.

Seit dem Abend des 18. Dezember hat es kräftig geschneit. An diesem Tag haben Karlheinz und Sabine das erste Mal nach Würmlein gesucht.

Mittags setzt der Schneefall wieder ein. Der Einsatz von Spürhunden zur Suche nach Würmlein ist deshalb wenig sinnvoll.

Vom türkischen Wirt erfahren die Beamten, dass der Taxifahrer seit drei Tagen seine Post nicht mehr abgeholt hat. Zuletzt wäre er am Freitag gekommen und hätte sich nach einem jungen Mann erkundigt. Dieser wollte abends mitfahren. Doch er war im Lokal nicht aufgetaucht.

Am nächsten Tag wären andere junge Leute da gewesen und hätten nach Würmlein und seinem Greiftrupp gefragt. Denen wollte er nichts sagen. Sie waren vollständig schwarz gekleidet und recht freundlich. Nach einem Bier sind sie gegangen.

Die Briefe für Würmlein nehmen die Polizisten mit. Bei den anderen Taxifahrern in Oberasbach und Zirndorf werden die Befragungen fortgesetzt. Doch niemand kann konkrete Anhaltspunkte für das Verschwinden von Würmlein nennen.

Selbst eine Nachfrage bei der Nationalen Deutschen Partei bringt die Ermittlungen nicht weiter. Der Bezirksvorsitzende steigert sich am Telefon in Hasstiraden gegen die Multi-Kulti-Politiker und die linken Spinner. Einen Racheakt aus diesen Kreisen hält er durchaus für wahrscheinlich.

Auch die Mitglieder der Initiative für Demokratie und Toleranz wollen sich umhören, obwohl sie wenig Kontakt zu den rechten Kreisen haben. Sabine erinnert sich an das Treffen von Jugendlichen in einer Zirndorfer Wirtschaft.

Abends schaut sie bei dem Gastwirt vorbei. Der ist immer noch sauer, dass die rechte Szene seinen guten Ruf beschädigt hat. Von den jungen Leuten hat er seitdem keinen mehr gesehen.

Dass Würmlein verschwunden ist, hat sich inzwischen in Zirndorf herumgesprochen. Es werden allerlei Vermutungen geäußert. Am häufigsten werden Ausländer verdächtigt, die ihn entführt haben könnten. Aber von einer Lösegeldforderung ist nichts bekannt.

Auch Streitigkeiten innerhalb der NDP oder mit anderen rechtsradikalen Gruppen werden vermutet. Vielleicht war es manchen Leuten nicht recht, dass sich Würmlein selbst in Szene setzte.

Der Vorstand der Kleingärtner fordert alle Mitglieder seines Vereins auf, in ihren Gärten nachzusehen. Vor allem die Gartenhäuser sind zu kontrollieren, ob alles in Ordnung ist. Bei Unregelmäßigkeiten sollen sofort die Polizei und er informiert werden.

Die Idee von Konrad war also doch nicht so abwegig. Am Nachmittag fällt ihm ein, dass er sich das Käseblatt „Im Blick" besorgen wollte. Er geht zum Schreibwarenladen am Marktplatz und blättert in der aktuellen Ausgabe.

Die Verkäuferin schaut ihn schief an. Konrad erklärt, dass er nur nachsehen wollte, ob ein Artikel über Zirndorf veröffentlicht ist. Sie nennt ihm die Nummer der Seite.

Ein Foto vom Eingang des Ausländerlagers nimmt viel Platz ein. Die Überschrift lautet: „Vollpension auf Staatskosten." Das regt Konrad sofort mächtig auf. Er kauft das Blatt und geht mißmutig nach Hause.

Der Schreiberling spricht von Schmarotzern und Betrügern aus dem Nahen Osten und Afrika. Sie würden nichts arbeiten und sich auf unsere Kosten den Bauch voll schlagen.

Für den rechtsradikalen Taxifahrer findet er nur lobende Worte. Endlich würde mal einer die Initiative in die Hand nehmen. Sonst würde unser Land im Chaos versinken.

Von seinem Besuch im Zirndorfer Rathaus erzählt er nichts. Den Bürgermeister nennt er einen pedantischen Beamten, der Mühe hätte, für Recht und Ordnung zu sorgen. Eine negative Bürgermeinung zitiert er nicht. Vielleicht hat er nur Leute gefunden, die sich lobend geäußert haben.

22. DEZEMBER

Sabine telefoniert mit mehreren Mitgliedern der Initiative für Demokratie und Toleranz. Dann schreibt sie in ihr Tagebuch:

Die Sache ist ziemlich mysteriös. Die Polizei hat inzwischen noch mehrere Leute unserer Gruppe befragt. Vielleicht vermuten sie, dass wir den Nazi aus dem Verkehr ziehen wollten. Das wäre hanebüchen.

Rätselhaft ist auch, weshalb der Hund von Würmlein sich nicht bemerkbar gemacht hat. Da sind doch sicher mehr Leute vorbeigelaufen und hätten reagiert. Das Tier hatte schließlich nichts zu fressen und zu saufen. Ob es darauf dressiert war, still zu halten?

Über die Untersuchung des Taxis ist bisher nichts bekannt geworden. Ich werde Manfred mal fragen. Vorhin war nur sein Anrufbeantworter dran. Vielleicht weiß inzwischen Herr Schneider etwas. Doch der ist auch nicht erreichbar. Wahrscheinlich hat er noch eine Menge Trouble.

23. DEZEMBER

Es ist milder geworden. Die Sonne scheint, aber es ist weiterhin kalt. Der Schnee schmilzt langsam auf den Gehsteigen. Die Straßen waren von der Stadt schon vorher frei geräumt worden.

Manfred meldet sich bei Konrad mit den neuesten Nachrichten zum Verschwinden des Taxifahrers. Die NDP hat eine Strafanzeige gegen Unbekannt eingereicht. Ob überhaupt eine Straftat vorliegt, ist bisher nicht sicher.

Die Rechtsradikalen beschuldigen allerdings die Antifaschistische Front aus Nürnberg, in die Angelegenheit verwickelt zu sein. Schließlich hätten sie vor Tagen eine Warnung ausgesprochen.

Aber auch Ausländer könnten Würmlein um die Ecke gebracht haben. Denen sei doch alles zuzutrauen. Von ihnen habe ihr Kamerad mehrere der Tat überführt und angezeigt.

Auch an Verschwörungstheorien ist bei den Vertretern der NDP kein Mangel. Eine klingt abstruser als die andere. Doch sie wurden mit dem Brustton der Überzeugung vorgetragen.

Die Beamten der Polizeistation Zirndorf vermuten, dass die Kriminalpolizei jetzt die weiteren Ermittlungen übernehmen wird. Sind Personen mehrere Tage verschwunden, werden die Fälle meist an die nächsthöhere Stelle abgegeben.

Mittags meldete sich ein weiterer Anwohner bei der Polizeiwache. Er will gesehen haben, wie Würmlein mit einem anderen Mann am Abend Streit hatte. Sie standen beim Taxi.

Der kleinere Würmlein hätte wild vor seinem wesentlich größeren Gesprächspartner herumgefuchtelt. Dieser habe ihm offensichtlich gedroht, denn Würmlein hielt die Arme vors Gesicht.

Hören konnte er nichts, denn die Fenster seiner Wohnung waren geschlossen. Nach einer Weile wären sie auseinander gegangen, Würmlein in Richtung Bibert, der andere zur Rothenburger Straße.

Konrad bedankt sich bei Manfred für die Informationen. Auf einmal kommt richtig Bewegung in die Sache. Er will sich damit jedoch nicht weiter beschäftigen. Für ihn ist wichtig, dass dieser Rassist (zunächst) von der Bildfläche verschwunden ist.

Die Kartelrunde trifft sich diesmal beim „Direktor". Das letzte Mal ist sie ausgefallen, weil der „Direktor" zum Arzt musste. Konrad hat mittags nur eine Suppe gegessen. Die Frau des Gastgebers nötigt sie jedesmal, zum Bier oder Wein noch ein paar Brote mit Bratwurstgehäck zu essen.

Von weitem hören sie eine Sirene. Keiner weiß zunächst, ob es sich um die Polizei, die Feuerwehr oder die Sanitäter handelt. Konrad erinnert sich an die Situation, als seine Frau den Notarzt holen musste. Er hatte Herzbeschwerden und wurde zur Kontrolle in die Klinik eingewiesen.

Ein Rettungswagen und kurz darauf der Notarzt fahren am Haus vorbei in die kleine Straße. Der „Direktor" rätselt, zu wem in der Nachbarschaft sie kommen. Seine Frau will sich erkundigen.

Das Kartenspiel kommt nur zäh voran. Die Gedanken der Mitspieler kreisen um andere Themen. Konrad wird gerügt, weil er unkonzentriert spielt. Aber sein Partner macht es nicht besser. Die Runde löst sich vorzeitig auf, auch weil einer noch etwas besorgen muss für Weihnachten.

Am Abend erhält Konrad die Hiobsbotschaft. Manfred berichtet, dass der Taxifahrer tot aufgefunden worden ist. Ein älterer Spaziergänger hat neben dem Weg unterhalb der Kleingärten eine Mütze gefunden. Nicht weit entfernt davon an der Böschung zur Bibert bemerkte er die Leiche. Sie lag schneebedeckt hinter einem Busch.

Wahrscheinlich ist Würmlein erschlagen worden. Eine Platzwunde am Kopf deutet darauf hin. Die Tatwaffe wurde noch nicht gefunden. Die Ermittlungen hat jetzt die Kriminalpolizei in Fürth übernommen.

In Zirndorf macht die Nachricht vom Tod des Nazi ziemlich schnell die Runde. Es gibt weitere Gerüchte über die Gründe für den wahrscheinlichen Mord. Nun geht es auch um den Lebenswandel des Opfers.

Mehrere Leute wollen gesehen haben, wie er sich mit jungen Männern getroffen hat. Es wird unterstellt, dass er homosexuell war. Eine Auseinandersetzung in der Szene könnte zu seinem Tod geführt haben.

Andere wollen von einem Streit mit seiner Ex-Frau wissen. Schließlich hat er für sie und seine Kinder keinen Unterhalt bezahlt. Der älteste Sohn soll seinen Vater gesucht und ihn zur Rede gestellt haben.

Konrad ist einfach erleichtert, dass die Jagd auf Ausländer damit ein Ende hat. Die Suche nach dem Täter interessiert ihn nicht. Wenn Würmlein alleine der Greiftrupp war, dann ist nochmal alles gut gegangen.

24. DEZEMBER

Die „Fürther Rundschau" berichtet über den Tod des Rechtsradikalen:

Letzte Meldung. Rechtsradikaler Taxifahrer tot aufgefunden. Ein Spaziergänger hat ihn entdeckt. — Seit Tagen war der Initiator des Oberasbacher / Zirndorfer Greiftrupps, Uwe Würmlein, vermisst worden. Im Taxi hatte er seinen Hund zurückgelassen. Jetzt hat man seine Leiche an der Böschung zur Bibert gefunden.

Ob er auf einem Streifengang war oder weshalb er zum Fluss ging, ist nicht bekannt. Uwe Würmlein machte Jagd auf straffällige Ausländer. Nach eigener Aussage hat er diese gestellt und der Polizei übergeben. Die Polizei äußert sich nicht dazu, ob das auch in den letzten Tagen der Fall war.

Weil das Motiv der Tat völlig unklar ist, wird in alle Richtungen ermittelt. Die Kriminalpolizei geht von Mord oder Totschlag aus. Einen Unfall hält man aufgrund der Art der Kopfverletzung nicht für möglich. Die Tatwaffe ist allerdings bisher nicht gefunden worden.

Wer hat Uwe Würmlein in den letzten Tagen gesehen? Wurde er zusammen mit anderen Personen beobachtet? Wer war sein letzter Fahrgast? Sachdienliche Hinweise nimmt die Polizeistation Zirndorf, Rothenburger Straße, entgegen.

28. DEZEMBER

Gestern hat es heftig geregnet. Der Schnee ist weitgehend geschmolzen. Konrad geht vormittags auf eine Runde, weil er an den Feiertagen zu viel gegessen hat. Über der Bibert sieht er Polizei an der Stelle, wo der Taxifahrer gefunden wurde.

Der Hang ist mit einem Band abgesperrt. Als er vorbeigehen will, hört er, dass die Beamten einen blutbefleckten Stein gefunden haben. Auch andere Gegenstände wurden sichergestellt.

Konrad gibt vor, zu seinem Garten zu wollen. Ein junger Beamter läßt ihn durch die Absperrung. Jetzt fällt ihm ein, dass der Vorstand bereits vor acht Tagen jeden Kleingärtner darum gebeten hatte, nachzusehen, ob alles in Ordnung ist.

Er schaut sich sowohl im Garten als auch im Gartenhaus um. Doch es fällt ihm nur auf, dass Wasser auf den Wegen und in den Beeten steht. Der Boden ist so nass, dass er nichts mehr aufnimmt.

Auf dem Rückweg lässt ihn der junge Beamte wortlos durch. Bei der Überquerung der Bibert muss er seinen Hut festhalten. Der Wind ist böig und würde die Kopfbedeckung in den Fluss wehen.

Die ersten Bewohner der Volkhardtstraße haben bereits ihre roten Mülltüten vor das Haus gestellt. Morgen wird der Restmüll eingesammelt. Vor Jahren waren die Mülltonnen abgeschafft worden, weil die Plastiktüten angeblich billiger sind. Inzwischen wird darüber diskutiert, ob die frühere Methode wieder eingeführt wird.

Pünktlich um 12 Uhr ist Konrad zu Hause. Seine Ehefrau hat ein leichtes Mittagessen zubereitet. Er freut sich auf viel Gemüse und wenig Fleisch. Während des Essens erzählt er, was er gehört hat.

Wer dem Nazi mit einem Stein den Schädel eingeschlagen hat, ist nicht bekannt. Ob sich auf dem Stein Fingerabdrücke oder Faserspuren befinden, wird sich erst nach einer Untersuchung herausstellen.

Die Schadenfreude kann Konrad nicht verbergen, gleichgültig wer es war. Erika versteht das nicht. „Ein Menschenleben sollte nicht so enden", meint sie.

31. DEZEMBER

Am Silvesterabend sind Konrad und Erika alleine. Sabine und Karlheinz wollen mir ihren jeweiligen Freunden feiern. Vorher kommen sie allerdings zum gemeinsamen Abendessen vorbei. Erika serviert geräucherte Forelle mit Kräutersoße und Kartoffeln.

Anschließend schauen sie sich traditionell die Sendung „Diner for one" im Fernsehen an. Obwohl sie diese schon häufig gesehen haben, ist sie immer wieder erheiternd. Dann verabschieden sich Sabine und Karlheinz mit den besten Wünschen für das neue Jahr.

Konrad lässt das Fernsehgerät weiter laufen und zappt von Sender zu Sender. Erika findet das unnötig, wo doch heute fast überall dasselbe kommt. Sie sitzt in ihrem Sessel und strickt.

Es wird ein ruhiger Abend. Weil auch Konrad das Gedudel bald zu viel wird, macht er den Ton leiser und holt sich ein Buch aus dem Regal. Das Fernsehbild lässt er vor allem für Erika an.

Den Titel „Mord in der Schnulzenklinik" hat Erika zum Geburtstag von Sabine geschenkt bekommen. Die Glückwunschkarte liegt noch bei. Der Autor Henry Slesar wird als der „ungekrönte König" des parodistischen Kriminalromans bezeichnet.

Sabine schreibt, dass Erika durch die Geschichten erfahren könne, wie es im Fernsehen bei der Produktion von

Serien tatsächlich zugeht.

Diese leichte Lesekost ist Konrad an Silvester ganz recht. Er ist später so vertieft, dass er das Zwölf-Uhr-Läuten fast verpasst. Erika hat schon die Sektgläser gefüllt. Sie wünscht ihm ruhige und entspannte Zeiten, also wenig Aufregung.

Konrad drückt seine Frau ganz fest. Dasselbe wünscht er auch ihr, Als die Knallerei vorbei ist, gehen sie ins Bett. Konrad schläft seit langer Zeit mal wieder richtig tief und ohne Alpträume.

6. JANUAR

Wie seit vielen Jahren sind Sabine und Manfred an Heilig Drei König bei Erika und Konrad zum Mittagessen eingeladen. Reihum dürfen sich die Teilnehmer dieses Treffens ein Gericht wünschen.

In diesem Jahr war Sabine dran. Sie hat sich Schäufele mit Klößen und Salat gewünscht. Darüber freuen sich auch Konrad und Manfred. Und Erika freut sich, dass es allen so gut schmeckt. Am liebsten kocht sie für mehrere Personen. Wenn sie nur zu zweit sind, friert sie einen Teil ein.

Anschließend schlägt Erika einen gemeinsamen Verdauungsspaziergang vor. Der Weg an der Bibert liegt jetzt in der Sonne. Es ist angenehm, die Wärme zu spüren. Sie gehen bis zum Minigolfplatz im Eichenhain und drehen eine Runde im Stadtpark.

Das Thema „Greiftrupp" haben Manfred und Sabine bisher vermieden. Doch Konrad kann seine Frage nun nicht mehr zurückhalten. Seit dem Mittagessen will er sie loswerden: „Was hat die Polizei über den Tod des Nazi herausgefunden?"

Eigentlich wollte er die Angelegenheit schon ad acta legen. Doch immer wieder beschäftigt sie ihn. Er hätte doch gerne gewußt, wer der Täter ist. Oder vielleicht waren es mehrere?

Manfred kann dazu nichts sagen. Von der Kriminalpolizei bekommen sie zwar Aufträge, erfahren aber nichts über die Ermittlungen. „Offenbar gibt es noch keine sicheren Ergebnisse. Sonst hätte die Staatsanwaltschaft schon etwas mitgeteilt. Sie prahlen doch gerne mit ihren Erfolgen", meint er süffisant.

Bei der Initiative für Demokratie und Toleranz sind sie auch nicht schlauer, wie Sabine erzählt. Mehrere Mitglieder wurden in der Sache vernommen, auch sie selbst schon zum zweiten Mal. Vielleicht gehören sie immer noch zu den Verdächtigen.

In der Stadt hat man das Thema zwar nicht vergessen, aber es gibt keine weiteren Vermutungen. An den Stammtischen geht es wieder mehr um den Fußball.

Auf dem Rückweg würde Konrad gerne die Enten füttern, doch er hat nichts dabei. In der Volkhardtstraße treffen sie auf Bekannte. Nach den obligatorischen Neujahrswünschen werden die Befindlichkeiten ausgetauscht.

Manfred und Sabine verabschieden sich. Sie wollen nachmittags noch ein paar Runden auf der Kunsteisbahn drehen.

10. JANUAR

Georgs Mutter ist bei Erika und Konrad zu Kaffe und Kuchen eingeladen. Seit ihr Sohn in die Psychiatrie eingeliefert wurde, hat sie sich in ihrer Wohnung verkrochen. Die Einkäufe hat ihr Mann erledigt.

Erika konnte sie gestern bei einem längeren Gespräch überreden, zu ihnen zu kommen. Die Mutter berichtet über schlaflose Nächte. Ständig quält sie die Frage, was Georg in der fraglichen Nacht erlebt hat.

Bei ihren Besuchen in der Psychiatrie hat sie dazu nichts erfahren. „Georg plapperte immer nur dummes Zeug. Manchmal schimpft er auf irgendwas. Doch es ist nicht zu erkennen, was er meint. Auch die Ärzte haben bisher nichts herausbekommen."

Ansonsten ist Georg durch Medikamente ruhig gestellt. Man will weitere Wutausbrüche verhindern. Es wird wahrscheinlich mehrere Monate dauern, bis sich sein Zustand der bisherigen „Normalität" nähert.

Aufgebracht berichtet die Mutter von einem Besuch der Polizei. „Die zwei Beamten fragten, ob Georg mal Kontakt zu dem Taxifahrer hatte, der Ausländer angezeigt hat." Sie habe ihnen erklärt, dass sie davon nichts weiß.

„Wieso sollte sich ein Rechtsradikaler mit einem Behinderten abgeben?" fragte sie die Polizisten. „Meinen Sie etwa, dass er mit dem Tod des Taxifahrers etwas zu tun hat?" Darauf habe sie keine Antwort erhalten.

Auch in der Erlanger Klinik muss sich die Polizei erkundigt haben. Aber die Ärzte können sich auf ihre Schweigepflicht berufen, wenn sie aus den Äußerungen von Georg etwas erfahren hätten.

Konrad versucht die Mutter zu beruhigen. Nach seiner Ansicht wäre Georg aufgrund der geistigen Behinderung nicht schuldfähig. Das bringt die Mutter auf die Palme. Sie fürchtet, dass man ihren Sohn als Idioten für lange Zeit einsperrt. Erika muss schlichtend eingreifen.

Gemeinsam schauen sie sich eine Schlagersendung im Fernsehen an, damit sich die Mutter wieder beruhigen kann. Dazu trinken sie einen Schoppen halbtrockenen Moselwein.

1. MÄRZ

Manfred hat seinen freien Tag. Er besucht Konrad und Erika am Nachmittag. Bei einem Polizeitraining hat er letzte Woche einen Kollegen von der Kripo getroffen. Der berichtete über einen Stillstand bei den Ermittlung im Fall Würmlein.

„Bisher hat man niemanden gefunden, der zuletzt mit dem Taxifahrer Kontakt hatte", erzählt Manfred. „Der Tod von Würmlein ist etwa um Mitternacht eingetreten. Was sich in den Stunden zuvor ereignete, ist völlig unklar."

Erika ist es gar nicht recht, dass dieses Thema wieder aufgewärmt wird. Doch Konrad hört interessiert zu. Manfred ist stolz, dass er heute viel mitteilen kann:

„Der starke Schneefall begann am 18. Dezember kurz nach 19 Uhr. Würmlein hatte sein Funkgerät schon lange vorher ausgeschaltet. Es war in den letzten beiden Tagen jeweils nur kurz in Betrieb, wenn er einige bezahlte Fahrten machte."

„Die Anwohner hatten um 20 Uhr gesehen, wie Würmlein das Taxi abgestellt hat und in Richtung Bibert gegangen ist. Ein anderer Anwohner beobachtete eine halbe Stunde später einen Streit zwischen dem Taxifahrer und einem großen starken Mann. Sie gingen jedoch in entgegengesetzte Richtungen auseinander."

„Der Schäferhund ist offensichtlich im Taxi betäubt worden. Niemand hat den Hund gesehen oder bellen hören. Durch die starke Unterkühlung hat das Betäubungsmittel mehr als zwei Tage gewirkt."

„Die Identität des großen kräftigen Mannes, den der Zeuge im Streit mit Würmlein gesehen hat, konnte bisher nicht ermittelt werden. Auf dem Stein, mit dem der Taxifahrer erschlagen wurde, befanden sich keine Fingerabdrücke und auch keine Faserspuren. Das Blut wurde eindeutig dem Opfer zugeordnet."

„Ob Würmlein zuletzt Kontakt zu Ausländern hatte, ist nicht bekannt. Es ist aber unwahrscheinlich, dass sich Flüchtlinge bei dem starken Schneefall an dem Abend außerhalb des Lagers aufhielten."

„Der Sohn des Opfers hatte einige Tage vorher versucht, seinen Vater zu sprechen. Als das nicht gelang, weil der sich angeblich versteckte, ist er einen Tag vor der Tat aus Zirndorf abgereist. Für die Tatzeit hat er ein Alibi."

„Für Kontakte zur homosexuellen Szene gibt es keine Anhaltspunkte. Über Rivalitäten zu anderen Taxifahrern ist nichts bekannt. Die meisten Kollegen von Würmlein wollten mit ihm nichts zu tun haben."

„Offen ist noch, ob es Streitigkeiten innerhalb der NDP gab. Einige Leute in dieser Partei verübelten Würmlein seine Aktivitäten ohne Absprache mit der Führung. Besonders verärgert waren sie, als er die Flugblätter mit seinem Namen kennzeichnete. Damit hätte er sich vor allem wichtig machen wollen."

Manfred schließt mit dem Hinweis, dass in diesem Umfeld noch Gespräche stattfinden werden. Dann nimmt er einen weiteren kräftigen Schluck und leert damit das Bierglas. Konrad schenkt ihm nach, denn sein Besucher muss heute nicht mehr Auto fahren.

Abends ruft Manfred bei Sabine an und berichtet ihr, was er nachmittags schon Konrad erzählt hat. Sabine ist erleichtert, dass die Mitglieder der Initiative bei der Kripo nicht mehr als Verdächtige gelten. Jedenfalls hat der Kollege von Manfred sie nicht erwähnt.

Morgen werden sie in der Gruppe über Aktionen zur Ausländerfreundlichkeit beraten.

2. MÄRZ

Nach der Besprechung der Bürgerinitiative notiert Sabine in ihrem Tagebuch:

Es gab viele Ideen, wie die Initiative im Laufe des Jahres an die Öffentlichkeit gehen kann. Die meisten sind mit höheren Kosten verbunden. Dafür brauchen wir Sponsoren.

Der Vorsitzende des Ausländerbeirates ist bereit, die Miete für zwei Plakatwände der Stadtreklame zu spenden. Die Beschriftung müssen wir allerdings selbst übernehmen. Ein Mitglied der Gruppe weiß, wie man Schablonen erstellt und die Schrift aufsprüht.

Nach längerer Diskussion einigen wir uns auf zwei Texte mit Namen aus verschiedenen Regionen:

„Fatima ist meine Nachbarin. Sie ist Zirndorferin."

„Mustafa lebt seit 10 Jahren in Zirndorf. Er ist mein Freund."

Für eine weitere Plakataktion sind Ständer zu organisieren. Dazu sollen die Parteien angesprochen werden. Die Grafikerin in der Gruppe hat einen Entwurf vorgestellt: Eine Zeichnung von Flüchtlingen mit dem Text: „Wo Fremde um ihr Leben zittern, kann niemand zu Hause sein."

Das zielt nicht nur auf ihr Heimatland,
sondern auch auf den Hass in Deutschland. Für den
Plakatdruck wird noch ein Sponsor gesucht.
    Beide Aktionen sollen in den Sommermonaten
stattfinden.

NACHTRAG

Nachdem die Kriminalpolizei nicht herausfinden konnte, wer für den Tod des rechtsradikalen Taxifahrers Uwe Würmlein verantwortlich ist, hat die Staatsanwaltschaft die Ermittlungen nach einem Jahr eingestellt.

Von der rechtsradikalen NDP wurde der Begriff „Greiftrupp" nicht mehr erwähnt. Es gab auch keine ähnlichen Aktivitäten.

In Zirndorf hat sich die Situation um die Zentrale Aufnahmestelle zeitweise beruhigt. Es gab in der Stadt keine ausländerfeindlichen Ausschreitungen.

Die Initiative für Demokratie und Toleranz bekam für ihre Plakataktionen viel Aufmerksamkeit. Als das Klima im Land freundlicher wurde, stellte sie ihre Aktivitäten ein.